plus belle la vie

À paraître dans la même collection

Le Corbeau du Mistral, tome 2
Le Trésor du Mistral, tome 3

Le tigre bleu 146, bd de Charonne 75020 Paris
Telfrance Série 1, bd Victor 75015 Paris

ISBN 2-916289-00-3
Diffusion CED

Adapté du feuilleton *Plus belle la vie*, d'après une idée originale d'Hubert Besson et une histoire et des personnages créés par Bénédicte Achard, Georges Desmouceaux et Magaly Richard Serrano – © Telfrance Série / Rendez-Vous Production Série – 2004/2005 avec la participation de France 3

Les Secrets du Mistral est librement inspiré des 130 premiers épisodes du feuilleton *Plus belle la vie*.

Claude Lambesc

plus belle la vie

tome 1
Les Secrets du Mistral

le tigre bleu
telfrance

Le dilemme de Vincent | 1

Vincent Chaumette faisait les cent pas sur le quai de la gare Saint-Charles en ressassant inlassablement la question qui le hantait depuis des heures : comment Ninon allait-elle réagir en apprenant qu'ils s'installaient à Marseille ? Vu de l'extérieur, Vincent correspondait à l'image que l'on se fait du quadragénaire viril, à la fois séducteur et sûr de lui, le type d'homme qui avance dans la vie sans hésitations, dégageant une impression naturelle de réussite, le genre « j'assure et je le sais ». Pourtant, il se sentait désarmé vis-à-vis de sa fille et, pour mettre toutes les chances de son côté, il essayait de se souvenir comment lui pensait à dix-sept ans – mais c'était loin et, de toute façon, les ados sont tellement imprévisibles, surtout les filles...

– Salut ! Moi, c'est Ninon ! Et vous, vous devez être Vincent, mon père ?

Il sursauta : sa fille venait de se matérialiser devant lui, drapée dans des tissus africains. « Elle est belle à croquer », se dit-il.

Ninon lui claqua deux bises rapides d'un air mutin.

– T'es tellement barré dans tes pensées que tu ne reconnais plus ta fille ? Tiens, cadeau. J'ai pas eu le temps de l'emballer, je l'ai acheté sur la route de l'aéroport.

Vincent s'empara du djembé que lui tendait Ninon. Il eut immédiatement l'air comique : son impeccable costume Zegna de parfait citadin jurait avec la percussion africaine 100 % *roots*.

– Heu... Merci, fallait pas... Comment ça va, ma chérie ? Tu dois être crevée, entre tes six heures de vol et le train dans la foulée !

– Ça va... J'ai failli attraper la crève en passant des 40 °C de Bamako aux -10 °C de l'avion...

– Tu vas te plaire ici : tu exagères déjà comme une Marseillaise !

Première perche. Mais Ninon ne rebondit guère.

– On va manger ? J'ai la dalle...

– Allons sur le port : tu vas voir, c'est super. Comme toute la ville, d'ailleurs : il y a des milliers de choses à voir, les gens sont adorables, sans compter le climat...

– Cool. Ça me fera un palier de décompression avant de rentrer à Paris. Mais je ne compte pas non plus me taper Marseille de fond en comble en un week-end !

« C'est pas gagné... Vas-y, dis-lui maintenant, sans détour », pensa Vincent – mais Ninon le ramena vers d'autres soucis qu'il n'avait, d'ailleurs, aucune envie d'aborder :

– Au fait, c'est sympa de demander des nouvelles de maman. Si ça t'intéresse, elle est toujours en vie, sa campagne de vaccination se passe bien et, même en pleine brousse, son portable fonctionne, au cas où tu voudrais l'appeler un de ces quatre... Même si vous divorcez, c'est le genre de truc qui se fait.

– Ninon... Ce n'est pas une situation facile pour moi, tu sais.

– Ah bon ? Parce que, pour moi, c'est super cool, figure-toi : des parents qui se séparent, mais sans le dire vraiment, et surtout sans en parler ni entre eux ni à leur fille... Pourtant, ça m'intéresse vaguement, tu sais ?

– On commence à s'engueuler tout de suite, ou d'abord on mange ? Ninon, je t'en prie, au moins, on essaie...

– Okay, okay, okay... Mais je serais toi, je rangerais tout de suite le djembé dans ta voiture : tu as un look qui déchire, là !

En effet, quelques jeunes *travellers* qui zonaient à la sortie de la gare ricanaient en dévisageant Vincent. Ce dernier pressa le pas vers sa voiture alors que Ninon échangeait un geste complice avec les marginaux. « Bon, se dit-il, ça ne se présente pas trop, trop mal... Un resto, une virée dans quelques boutiques pour lui offrir un truc sympa, et après, tu lui annonces... Et puis, quand elle verra le loft, elle craquera, c'est sûr... »

À cette pensée, Vincent sourit, retrouvant son assurance habituelle.

Le loft auquel songeait Vincent se nichait au creux du Mistral, un quartier populaire, traditionnel, l'un des cent soixante-dix « villages » qui composent Marseille, comme aiment à le dire ses habitants.

La place du Mistral était le cœur du quartier, le centre névralgique de la vie sociale, où le destin des Mistraliens, leurs peines, leurs joies, leurs colères, leurs coups de cœur et autres micmacs s'entremêlaient dans un charivari typiquement marseillais.

Au centre de la place trônait le *Bar du Mistral*, fief de Roland Marci, l'une des figures incontournables du quartier. Roland faisait les yeux doux à Mirta Torres, propriétaire du *Select Hôtel*, l'autre lieu incontournable de la place, laquelle venait d'entrer dans le bar.

– Mirta, tu es aujourd'hui plus belle qu'hier, mais moins que demain... Dis-moi, quel est ton secret ?

– Méfie-toi, Roland : à trop en faire, je risque de m'habituer à recevoir un nouveau compliment par jour... et, quand tu seras à court, je t'en voudrai !

– Il n'y a pas de danger que la source tarisse quand c'est le cœur qui parle !

Et du cœur, effectivement, Roland en avait à revendre... ce qui ne l'empêchait pas d'être dur, parfois, surtout avec son fils François, ni d'avoir la langue bien acérée, et, lorsqu'il vit Ninon et Vincent débarquer sur la place, il décocha direct une flèche trempée dans l'ironie marseillaise.

– Vise-moi le retour de la chasse... Le Parisien aime le gibier à peine tombé du nid ! commenta-t-il sans dissimuler son mépris.

Mirta leva les yeux au ciel.

– Quelle langue de vipère ! Je te parie que c'est sa fille : tu ne vois pas qu'ils ont un air de famille ?

Roland répondit par une moue dubitative. Il faut dire qu'entre Ninon, sa tenue africaine et ses bras chargés de sacs de boutiques de mode, et l'élégant Vincent tenant gauchement son djembé, ce tandem improbable ne pouvait que soulever des questions...

Ninon arborait un air ravi et perplexe. Depuis qu'elle était arrivée, son père se comportait de manière incroyable. Aux petits soins, il l'avait entraînée dans des boutiques de créateurs locaux et avait insisté pour lui acheter des fringues – pour la première fois de sa vie ! Peut-être qu'il voulait marquer des points, alors qu'elle venait de passer un mois avec sa mère ? Ou alors, il voulait se faire pardonner ces huit cent mille heures d'absence – facile – où il avait été absorbé par son boulot ou, pire, par ses maîtresses... Ninon chassa aussitôt cette pensée. Il fallait positiver : peut-être son père était-il enfin devenu cool et attentionné ?

– Tu vas voir, les gens du quartier sont a-do-ra-bles, commenta Vincent, alors que Mirta et Roland lui adressaient un petit salut – enfin, surtout Mirta.

– Je ne vais pas avoir trop le temps de faire leur connaissance, lui répliqua Ninon. On est dans ce petit hôtel, là ? Ça a l'air sympa !

Ninon désignait le *Select* et s'y dirigea naturellement. Vincent la retint par le bras.

– Non, non ! On va vivre... On est installés dans... Bref, c'est une surprise.

– Je me disais aussi que, depuis tout à l'heure, t'es un peu chelou... C'est pour ça... Quel genre de surprise ?

Pour toute réponse, Vincent entraîna Ninon vers l'entrée d'un immeuble. Ils croisèrent en chemin Blanche et François Marci, leurs voisins immédiats, qui sortaient de chez eux. Ils saluèrent Ninon chaleureusement.

– Vous êtes Ninon ? Bienvenue au Mistral ! Vous allez vous plaire ici, c'est le meilleur quartier de Marseille !

– Oh ! Vous savez, je ne fais que pass..., commença Ninon, mais Vincent intervint en catastrophe :

– On ne vous dérange pas plus longtemps, vous devez être pressés, et nous aussi, on a quelques petits trucs à faire...

Dans un même mouvement, Vincent ouvrit la porte, entraîna Ninon à l'intérieur et ferma derrière lui, tout en adressant un sourire exagéré aux Marci qui n'eurent pas le temps de placer un mot.

Ninon suivit son père, un peu surprise.

– C'est pas la peine d'être aussi speed !

– Voilà, coupa-t-il. Bienvenue à la maison, ma chérie !

Ninon réalisa alors qu'elle était au milieu d'un loft, encombré de cartons mais déjà en partie aménagé selon les canons d'une décoration hyper branchée : sobriété, mobilier design avec une touche ethnique, matériaux apparents et vastes volumes généreusement éclairés.

– C'est quoi, ce plan ?

– Je l'ai acheté. Pour nous. Tu vois, Ninon, j'ai pensé que...

Vincent n'eut pas le temps de finir : sa fille lui sauta au cou et l'embrassa, avant de s'extasier de nouveau sur le loft.

– C'est génial ! Et je pourrai avoir les clés ? Inviter mes copains ?

Vincent lui tendit un jeu de clés en guise de réponse. Il soupira profondément, soulagé.

– C'est vrai que tu es contente ? Je ne savais pas comment te l'annoncer... Je n'étais pas sûr que tu le prennes bien... Je veux dire, pas à 100 %...

– Tu rigoles ? Une résidence secondaire comme ça à Marseille ! Un week-end sur deux au soleil, minimum ! Quand je vais montrer ça à mes potes, ils vont halluciner ! Mais je te promets : quand on viendra pour le week-end ou pour les vacances, si t'es pas là, on fera gaffe, y'aura pas de casse, promis !

Devant l'évidence du quiproquo, Vincent se figea de nouveau.

– Tu as mal compris, ma chérie... Ce n'est pas une résidence secondaire. On emménage ici. Tes affaires sont regroupées là ; j'ai pensé que tu préfèrerais les déballer toi-même, mais il faut que tu voies ta chambre, c'est la plus belle pièce du loft !

– Stop, stop, stop... Tu peux répéter ? Ninon regarda les cartons et comprit soudain qu'il s'agissait de caisses de déménagement. On n'a plus d'appart à Paris, c'est bien ça ?

– J'ai pensé qu'un nouveau départ nous ferait du bien.

Cette année a été si difficile pour nous tous : la séparation avec ta mère, nos engueulades à répétition, tes problèmes au lycée...

– Mais... Mais pourquoi tu ne m'en as pas parlé avant ?

– Je sais que c'est un peu brutal, là. Mais j'ai dû me décider très vite. On m'a proposé un poste à la mairie, ici ; je ne supportais plus Paris, tu étais partie en Afrique voir ta mère, ce loft, c'était une occasion, il fallait dire oui tout de suite...

– Et mes potes ? Mes cours de chant ? Mon émission de radio au bahut ? Tu y as pensé, à tout ça ? T'as pensé que j'avais une vie à Paris, *ma* vie ?

Entre colère et désarroi, Ninon avait les larmes aux yeux.

– Tu reverras tes amis... Tu t'en feras de nouveaux, ici... Et tu as loupé ton bac en passant toute l'année dans les manifs... C'est pas plus mal que tu changes de bahut...

Les arguments de Vincent, loin d'amadouer Ninon, la firent sortir de ses gonds.

– Maman a raison ! T'es vraiment qu'un putain d'égoïste ! La vie des autres, tu t'en fous, du moment que toi, tu t'éclates avec ton boulot ou tes pétasses !

– Ninon, je t'interdis de...

– Tu m'interdis de choisir ! De vivre où j'en ai envie ! Je vais te dire un truc : elle a bien fait de se barrer ! Je préfère vivre avec elle dans la brousse plutôt que dans ton loft branchouille !

Ninon s'empara de son sac à dos et courut vers la porte, en jetant au passage un coup de pied dans les sacs qu'elle avait ramenés des boutiques.

– Et tes cadeaux, t'as qu'à les refourguer à une de tes pétasses !

Vincent se précipita sur les pas de Ninon alors que la porte claquait violemment. Il marqua un temps d'arrêt, à la fois hésitant et accablé, avant de se ressaisir et de sortir sur ses traces.

– Ninon ! Attends ! Reviens !

Mais Ninon avait disparu. Désemparé, Vincent traversa la place du Mistral en courant, criant le nom de sa fille qui, une fois de plus, lui échappait par sa faute...

Pour Ninon, la seule certitude qui émergeait de son cerveau bouillonnant, c'était qu'elle devait mettre un maximum de kilomètres entre son père et elle – et sans tarder ! Aussi fila-t-elle jusqu'à la gare Saint-Charles sans prêter la moindre attention au monde qui l'entourait, bousculant une personne sur deux et obsédée par l'idée de partir vite, très vite. Tant et si bien qu'une fois au guichet elle réalisa que, toute à sa colère, elle n'avait pas dû prêter attention à ses affaires, car son portefeuille avait disparu de son sac...

Aucune galère en un mois complet au Mali et, à peine débarquée à Marseille, on lui tirait son fric et ses papiers ! Raison supplémentaire pour détester cette ville pourrie qu'elle assimilait désormais à son père. Mais que faire maintenant ?

Un filtrage sévère à l'entrée des quais la dissuada de monter dans le TGV sans billet. Visiblement, il ne lui restait plus qu'à quitter la ville... en auto-stop.

Ninon rebroussa chemin et s'arrêta au pied des escaliers de la gare, hésitant sur la marche à suivre. Son air indécis et son allure de proie facile décidèrent trois jeunes *zyvas* à l'aborder, d'abord sur un ton amical :

– Hello ! Américaine ? Hollandaise ? Suédoise ?

Ninon fit la grimace : ce n'était pas le moment d'un plan relou...

– Malienne, ça se voit, non ?

– Hou là... Faut pas prendre la mouche, la gazelle ! Il fait beau, t'as pas l'air pressé, on fait connaissance, c'est normal !

– C'est quoi, ton prénom ? insista le plus jeune du trio.

– Ninon...

– Hé bé, tu vois, c'est pas si difficile ! Moi, c'est Anthony, et les deux cousins, là, c'est Vince et Mimoun. Tu allais où ?

– Heu... Je ne sais pas. Je dois rentrer à Paris.

– Et t'as pas de thune pour le train, c'est ça ?

Ninon acquiesça d'un silence gêné.

– T'es dans la galère ? intervint Vince.

– On peut t'aider. Tu sais quoi ? On va aller chez moi, et on discute tranquille : on va trouver un plan... Il y a toujours une solution aux problèmes, pas vrai, les cousins ? surenchérit Anthony.

Les deux autres hochèrent la tête tout en échangeant des regards qui en disaient long sur le plan à venir... Ninon esquissa un pas vers la sortie.

– Merci, c'est très gentil mais c'est bon... Je vais me débrouiller.

Anthony et Mimoun se rapprochèrent, lui barrant le passage.

– Attends ! Ça ne se fait pas de refuser de l'aide... On n'est pas assez bien pour toi ? Tu kiffes que les Blacks, c'est ça ? On peut te les faire oublier... Pour ça, tu seras pas déçue !

À cette allusion, les trois débiles commencèrent à se gondoler... et relâchèrent leur attention. Ninon en profita pour les bousculer et pour déguerpir aussi vite que ses jambes le lui permettaient, les trois lascars à ses trousses.

Elle s'engouffra dans une rue, puis dans une autre, au hasard...

Après une course qui lui parut durer une éternité, Ninon s'arrêta, à bout de souffle, mais soulagée d'avoir semé ses poursuivants. C'est alors qu'elle réalisa qu'elle venait de déboucher... place du Mistral ! Elle était revenue dans la gueule du loup !

Elle se fit alors aborder par Rudy Torres, le petit-fils de Mirta – mais pas dans le même style que les voyous de la gare

Saint-Charles. D'ailleurs, même si elle avait d'autres chats à fouetter, Ninon trouva que le garçon dégageait un charme et une douceur instantanés et, pour tout dire, assez craquants...

– Je savais que c'était mon jour de chance ! commença Rudy. Je devais aller au concert d'Electrofunk avec mon meilleur ami, et il me laisse tomber...

Tout en jetant un œil inquiet à la cour des Marci, vers le loft de son père, Ninon mordit à l'hameçon.

– Il te laisse tomber et c'est ton jour de chance ?

– C'est là que tu entres en scène. Et que tu viens à sa place !

– C'est ça, ton plan drague ? Félicitations, j'ai failli marcher. Maintenant, tu m'oublies.

– Mais non ! protesta Rudy avec sincérité. J'ai vraiment deux places pour le concert ! Il brandit deux billets sous ses yeux. Regarde, c'est des vraies, et je te jure que mon pote ne peut pas venir ! Si tu ne me crois pas, pas de problème, mais une invitation pour Electrofunk, concert unique de l'été, ça ne se refuse pas !

Ninon pesait le pour et le contre quand elle aperçut son père à l'autre bout de la place. Elle saisit aussitôt le bras de Rudy et l'entraîna avec elle dans la direction opposée.

– Tu as raison, ça ne se refuse pas !

Rudy parut à la fois ravi et incrédule.

– Mais c'est pas par là ! Et on va être en avance !

– Tu me montreras Marseille et, si on arrive en avance, on est sûr d'être bien placé, alors on trace !

– À donf !

Et Rudy se dit intérieurement qu'en effet, c'était bel et bien son jour de chance !

La fugue de Ninon | 2

Le lendemain, après avoir passé une nuit blanche rongé d'inquiétude, Vincent connut l'une des pires matinées de sa vie.

Non seulement il n'avait toujours pas de nouvelles de Ninon, mais personne autour de lui ne prenait son angoisse au sérieux. Les Mistraliens à qui il s'était adressé avaient rivalisé d'esprit pour minimiser l'affaire : « Elle est partie s'amuser », « elle veut juste vous faire la leçon », « elle ne doit pas être bien loin »... Quant au tenancier du *Bar du Mistral*, Roland, il avait eu cette prédiction définitive : « À cet âge, ils reviennent au bout de deux jours, quand ils n'ont plus de carburant ! » De la philosophie marseillaise, il faut croire, mais qui ne lui ramenait pas sa fille !

La police lui avait opposé une fin de non-recevoir : Ninon étant majeure, elle ne pouvait pas être considérée comme fugueuse ; donc, pas d'avis de recherche, et les flics avaient d'autres priorités.

En sortant du commissariat, Vincent avait dû affronter Picmal, l'adjoint au maire chargé du développement de la ville et de l'urbanisme, son nouvel employeur. Les traits tirés, l'air à moitié hagard, l'esprit visiblement ailleurs, il avait frappé fort pour sa première réunion de travail, et Picmal s'était demandé s'il avait bien fait d'engager ce « Parisien », répondant à l'insistance de sa collaboratrice Céline Frémont.

– Il a l'air complètement à côté de la plaque et, quand je lui parle, c'est tout juste s'il m'écoute ! s'était-il plaint à Céline pendant que Vincent essayait, pour la cent vingt-cinquième fois, de joindre Ninon sur son portable.

– C'est un créateur, monsieur Picmal, et les créateurs ont une personnalité souvent déroutante..., avait-elle plaidé.

Elle ne pouvait que le défendre : depuis qu'elle avait vu Vincent pour la première fois lors des entretiens de recrutement, elle avait eu le coup de foudre pour lui et, même s'il avait aujourd'hui l'esprit occupé par ses déboires familiaux, elle savait qu'en temps normal elle ne le laissait pas insensible. « Patience, et je l'aurai... », songea-t-elle en le rejoignant alors qu'il raccrochait le téléphone.

– J'ai expliqué à l'adjoint que vous étiez un artiste tourmenté, mais il faudrait quand même faire un petit effort... Ne sabotez pas votre travail alors que vous venez juste de commencer. Vous avez pu parler à votre fille ?

– Toujours pas. Je vais devenir fou si je n'ai pas de ses nouvelles. Elle est peut-être dans un squat avec des toxicos, ou entre les mains d'un violeur, ou d'un assassin... Qui sait ?

– Elle a dix-huit ans, Vincent, et elle vient de passer un mois en Afrique : elle ne va pas aller n'importe où avec n'importe qui ! Je suis sûre qu'elle va bien.

– Pourvu que vous ayez raison..., soupira Vincent.

Céline le prit doucement par le bras.

– On y retourne ? Écoutez l'adjoint dire ce qu'il a à

dire, et contentez-vous d'acquiescer : ça passera comme une lettre à la poste. D'accord ?

Vincent hocha la tête et, docilement, suivit Céline.

La jeune femme avait tout à fait raison de rassurer Vincent sur le sort de sa fille : Ninon venait tout juste de se réveiller, après une bonne grasse matinée, dans la chambre de Rudy... au *Select Hôtel*, place du Mistral !

Après le concert d'Electrofunk – une soirée du délire ! –, tous les deux avaient terminé en boîte, et Ninon s'était déchargée de sa colère en s'éclatant comme une folle sur le *dance-floor.* Rudy s'était montré à la fois drôle et attentionné, et n'avait pas une seule fois tenté le moindre geste déplacé : un vrai modèle de gentleman !

En quittant la boîte de nuit, une question cruciale s'était posée : et maintenant ?

– On peut aller dormir chez moi, avait lâché Rudy.

– Pourquoi les garçons, même les plus cool comme toi, gâchent tout au dernier moment ? lui avait répliqué Ninon.

– Mais non ! C'est pas ce que tu penses ! Tu dormiras dans mon lit, et moi par terre... Si tu n'as pas confiance, tu n'auras qu'à hurler : ma grand-mère et la moitié des clients de l'hôtel débarqueront dans la chambre en deux minutes ! Et je te jure que je n'ai pas envie de ce genre d'embrouilles, vraiment pas ! Tu seras plus en sécurité qu'ici ou que sur un banc de la gare...

Cette évocation rappela de mauvais souvenirs à Ninon ; et son instinct lui disait que, si Rudy était bien un dragueur, c'était certainement un dragueur *clean*...

– Okay, décida-t-elle, mais à la première alerte, je rameute tout l'hôtel.

Mais Ninon n'eut pas à hurler, loin de là. Le pauvre Rudy avait sagement dormi par terre, et maintenant, alors qu'elle émergeait de son sommeil, il lui présentait un plateau de petit-déjeuner.

– Je ne savais pas si tu prenais du thé, du café ou du chocolat, alors j'ai pris les trois...

Et des croissants en plus, la classe !

– Tu as bien dormi ? s'enquit Rudy avec douceur.

Ninon acquiesça la bouche pleine : tous ces événements lui avaient donné une faim de loup.

– Qu'est-ce que tu comptes faire ? Je veux dire, avec ton père ?

– Rien. Je rentre à Paris. J'irai chez des amis et j'expliquerai à ma mère ce qui s'est passé. Mon père, je n'ai rien à lui dire.

– Tu veux retourner à Paris ? Mais on vient à peine de faire connaissance...

– De toute façon, dans ma tête, je n'étais venue que pour un week-end...

– Pourquoi t'es si pressée ? C'est pas encore la rentrée : tu peux rester encore un peu, je te montrerai plein de trucs, c'est pas les bons plans qui manquent, à Marseille ! Je ne t'ai pas menti, hier : c'était grandiose, non ?

– C'était génial ! Je te remercie pour tout... mais je ne vais pas me planquer dans ta chambre, à quelques mètres de mon père ! Tu te rends compte de la situation ? C'est n'importe quoi !

Rudy médita ces propos. Ninon tapait juste.

– Ce serait plus simple si tu parlais à ton père...

– Pas question ! Ce qu'il a fait est immonde !

– Tu sais, quand je suis sorti chercher le petit-déjeuner, j'ai discuté avec Roland, le patron du bar d'à côté... Il a parlé avec ton père... Ou plutôt, c'est ton père qui a parlé avec tout le quartier... Il est vraiment flippé.

– Et alors ?

– Je parie qu'il te donnera tout ce que tu veux. Tes potes chez qui tu veux t'installer à Paris, ils habitent seuls ?

– Non, avec leurs parents.

– Et tu crois que tu vas t'installer à l'année chez des gens, comme ça, du jour au lendemain ? C'est pas comme venir pour un week-end !

– Je trouverai bien une solution. De toute façon, je n'ai pas le choix.

– Si tu t'installais ici, je parie que ton père te paierait autant d'allers-retours à Paris que tu voudrais pour aller voir tes amis.

– Mais je ne veux pas vivre avec mon père, c'est ça, le problème ! Et puis, ne le prends pas mal, mais tout ça, c'est pas ton business...

Rudy soupira. Il avait tenté le coup, mais Ninon avait l'air vraiment décidé. Pourtant, l'idée qu'elle puisse retourner à Paris et lui échapper lui était déjà insupportable. Il fallait qu'il trouve une solution.

– Tu peux sortir ? J'aimerais prendre une douche et m'habiller.

– Ouais, bien sûr. Il y a des serviettes dans le meuble, sous l'évier.

– Merci !

Rudy ferma la porte de la chambre et fit les cent pas dans le couloir, réfléchissant à cent à l'heure. Il y avait peut-être une solution... C'était risqué, mais qu'avait il à perdre ?

Quand Ninon lui cria à travers la porte qu'il pouvait revenir, Rudy attaqua directement :

– Écoute, j'ai réfléchi. Si tu veux, je peux te prêter l'argent pour le billet de train. C'est mieux que de rentrer en stop.

– C'est vrai ? Je te promets que je te rembourserai !

– Ça, je sais, il n'y a pas de problème. Mais c'est à une condition : que tu acceptes de rester encore un peu, le temps de faire une virée à la plage, par exemple. Ça, au moins, c'est un truc que vous n'avez pas à Paris ! Alors, un petit plouf avant de retrouver la pluie et la pollution, ça te dit ?

Ninon sourit. Il y avait pire, comme marché ! Et puis, la compagnie de Rudy ne lui était pas désagréable, bien au contraire : s'il avait habité Paris, elle aurait même... Mais Ninon chassa les pensées qui commençaient à l'effleurer : ce n'était pas le moment ! Jamais ils ne sortiraient ensemble, c'était comme ça, alors, pas la peine de se faire des films !

– Okay, c'est d'accord pour la plage, mais à six heures maximum je suis dans le train.

– No problemo !

– On y va comment ?

– En scooter. Attends-moi ici : faut que j'aille voir si la voie est libre.

Rudy sortit de l'hôtel, scruta rapidement les abords de la place et se mit alors à courir...

Quand Vincent rentra chez lui, il eut la surprise de trouver un mot sur sa porte : « Ninon est à la plage des Catalans, près du *Bar des Alizés*. TRÈS IMPORTANT : quand vous viendrez, faites semblant de la chercher partout sur la plage, et surtout, surtout, ne dites pas que vous avez eu ce mot. Un ami. »

Vincent n'hésita pas une seconde et fonça sur cette piste inespérée.

Ninon ne regrettait pas son escapade d'adieu à la plage. Parce qu'à Paris, ça se présentait moyen-moyen... Les copains qu'elle avait appelés la soutenaient mollement, sur le mode « faut que je demande à mes parents s'ils sont d'accord, mais je suis à fond avec toi ». Ces derniers mois, c'est vrai, elle s'était un peu détachée d'eux – c'était une des raisons pour lesquelles elle était partie au Mali. Et ses meilleurs amis, Gaël et Soline, étaient partis étudier à Berlin, une fois leur bac en poche, dans le cadre d'un programme Erasmus...

Mais bon, elle n'allait pas céder à son père ! Si seulement il lui en avait parlé avant ! Quel bordel, cette famille !

– Ninon ?

Comme si le fait de penser à lui l'avait fait apparaître, Ninon reconnut la voix de son père. Elle se leva aussitôt pour fuir, mais il arrivait déjà à sa hauteur, tout essoufflé.

– Ninon ! Ma chérie ! Tu vas bien ?

– Qu'est-ce que tu fous là ?

– Bon, ben... Je vais peut-être vous laisser...

Rudy se dit que son plan s'annonçait mal : autant prendre ses distances tout de suite. Il adressa un coup d'œil inquiet à Vincent. Ninon ramassa ses affaires.

– Amène-moi à la gare, s'il te plaît, demanda-t-elle à Rudy qui soupira. Perdu, Vincent s'adressa à sa fille, sur un ton grave mais avec douceur, presque en susurrant :

– Ninon, je t'en prie, laisse-moi te parler, rien qu'un peu... Si tu veux, je t'accompagne à la gare : tu prendras le train si c'est ce que tu désires, je te le promets, mais je voudrais juste que tu m'écoutes, je t'en prie...

Certes, Ninon en voulait à son père, mais elle n'était pas méchante au point de rester insensible à son air sincèrement défait. Elle ne l'avait jamais vu dans cet état, même quand sa mère était partie.

– D'accord, concéda-t-elle du bout des lèvres.

Rudy s'éloigna pour les laisser seuls. Vincent secoua la tête, accablé.

– Je regrette, Ninon. Je regrette vraiment d'avoir agi comme ça... Je te jure que je pensais bien faire.

– C'est bien ça, le problème, soupira Ninon. Tu manques vraiment de psychologie. Avec ta propre fille, c'est grave...

– Je sais. C'est une des raisons pour lesquelles j'avais décidé de venir ici. Je voulais qu'on se retrouve. Je voulais réparer le mal que je t'ai fait en étant si souvent absent. Je me disais qu'il était encore temps...

Intérieurement, Ninon se sentit ébranlée, même si son expression demeurait sévère.

– Mais quel rapport avec le fait de quitter Paris sans me prévenir ?

– J'ai tout laissé tomber là-bas, Ninon, j'ai cédé mes parts du cabinet à mes associés juste pour acheter le loft et j'ai postulé pour un travail qui ne m'accaparerait pas. Je voulais être disponible pour toi, ne plus être stressé, ou obnubilé, en un mot, ne plus être invivable... Pour ça, il fallait rompre avec mon milieu, mes clients...

– ...et tes maîtresses, ne put s'empêcher d'ajouter Ninon.

– Oui, pour ça aussi, j'ai fait place nette... Tu es la femme de ma vie, et tant pis pour la différence d'âge !

Vincent réussit à arracher un demi-sourire à sa fille.

– N'essaie pas de m'avoir avec tes plans de dragueur. De toute façon, je ne te crois pas...

Vincent redevint grave.

– C'est pourtant la vérité. J'ai raté beaucoup de choses dans ma vie. À commencer par mon mariage... et Dieu sait si je pense que ta mère est une femme merveilleuse ! Je m'en veux, mais pour ça, c'est trop tard. Je ne voudrais pas, en plus, passer à côté de ma fille. J'ai peut-être été un père absent, mais je ne t'ai jamais fait de mal... Ne me refuse pas une deuxième chance. S'il te plaît.

Ninon faisait des efforts colossaux pour dissimuler son émotion et ses sentiments contradictoires, entre le désir de se jeter dans les bras de son père et la volonté de lui faire payer encore. Tiraillée, elle choisit la fuite :

– Je ne t'en veux pas tant que ça, papa...

Un sourire d'espoir se dessina sur le visage de Vincent.

– ...mais là, je ne peux pas. Ninon hésita et soupira avant de se reprendre :

– Dépose-moi à la gare. Je préfère rentrer à Paris.

Vincent encaissa.

– Comme tu voudras.

Ninon fit signe qu'elle avait un mot à dire à Rudy. Celui-ci faisait la moue, visiblement déçu.

– Tu as mon numéro de portable. Si jamais tu montes à Paris, appelle-moi : je te dois une virée et, là-haut, pour ce genre de choses, on ne se défend pas mal non plus...

– Tu ne me dois rien. Et puis, tu sais... je ne viens pas souvent à Paris. En fait, je n'y suis encore jamais allé...

– Raison de plus ! Je te ferai la visite !

– On verra... Tu comptes revenir à Marseille ?

– Je n'en sais rien. Mais pas de sitôt, j'imagine...

En silence, ils se regardèrent un instant, gênés. Puis Ninon accéléra les adieux et déposa un baiser furtif sur les lèvres de Rudy qui, surpris, ne sut comment réagir. Mais elle s'éloignait déjà pour rejoindre son père.

– Je t'appelle quand je serai à Paris, promis ! Et merci pour tout, c'était super sympa de ta part !

– De... de rien ! Je t'appellerai aussi !

Après un dernier sourire, Ninon lui tourna le dos. Rudy était partagé entre la joie – ce baiser, même très léger, il ne l'avait pas rêvé, et c'était elle qui en avait pris l'initiative – et la déception : il ne la reverrait pas, du moins pas de sitôt, et il savait d'expérience qu'il faut battre le fer tant qu'il est chaud. À moins de monter à Paris... mais pas tout de suite : ça le grillerait trop. Rudy soupira, un peu perdu : il n'avait pas l'habitude de jouer serré avec les filles et, surtout, il était surpris par son propre trouble. Qu'est-ce que tout ça signifiait ? Il brûlait d'envie d'en discuter avec Lucas Marci, même si celui-ci n'y connaissait pas grand-chose, tellement barré qu'il était dans son trip de futur cinéaste – mais bon, c'était son meilleur pote, et lui parler lui ferait du bien.

Rudy regagna donc son scooter tout en décrochant son téléphone.

Durant tout le trajet vers la gare Saint-Charles, Vincent et Ninon n'échangèrent pas un mot. Après avoir garé la voiture, alors que Ninon s'apprêtait à rompre la glace, Vincent composa un numéro sur son portable :

– Céline, ici Vincent. J'ai retrouvé Ninon... Oui, oui, Dieu merci, elle va bien. Écoutez, je voulais vous demander de prévenir l'adjoint Picmal que je démissionne. Je ne compte pas rester à Marseille. Je sais, je suis désolé... Vous m'avez beaucoup aidé pour ce poste, et ce n'est pas très correct de ma part de partir aussi vite, mais ma décision est prise. Oui, je vous assure, j'ai bien réfléchi. Non, se voir ne changera rien. Je dois vous laisser, maintenant. Excusez-moi. Au revoir.

Vincent raccrocha et affronta le regard de Ninon, médusée.

– C'est quoi, ce délire ?

– Rien. Je quitte mon boulot ici...

– Comme ça ?

– Si tu veux revenir à Paris, je reviens aussi. Ne t'inquiète pas : je ne t'obligerai pas à vivre sous le même toit que moi si tu ne le veux pas, tu seras libre... Mais je préfère être à tes côtés.

– Mais... Et le loft ?

– Je le revendrai...

– Et à Paris, comment tu vas faire ? Tu as dit toi-même que tu avais largué tout le monde !

– Je me débrouillerai. Je trouverai toujours quelque chose... Ce n'est pas le plus important !

– J'hallucine... Le pire, c'est que tu as l'air de t'en foutre sincèrement !

– C'est toi qui m'importe. Je ne veux plus faire de conneries.

– Là, tu en fais une colossale. On ne laisse pas tomber un boulot qu'on vient d'obtenir et un super appart qu'on vient d'acheter comme ça, sur un coup de tête !

Vincent fit un petit sourire. Il paraissait si apaisé et si sûr de lui que Ninon n'en croyait pas ses yeux.

– Ce n'est pas un coup de tête. Tu m'as ouvert les yeux. Tu as raison sur toute la ligne. J'essaie de corriger mes erreurs et de penser à l'avenir, c'est tout. On y va ? Tu vas rater ton train.

Ninon suivit docilement son père jusqu'à son quai où des contrôleurs n'autorisaient à accéder au TGV que les passagers munis de billets.

– Tu voudras bien m'appeler quand tu seras chez les parents d'Élodie ? Juste pour me dire que tu es bien arrivée ? Moi, je liquide tout ici au plus vite, et je remonte dans quelques jours, d'accord ?

Ninon acquiesça vaguement. Tout allait trop vite, beaucoup trop vite... Vincent se pencha vers elle et déposa un baiser protecteur sur son front.

– Fais bon voyage, ma chérie...

Père et fille se séparèrent. Ninon marchait comme une somnambule vers sa place dans le train ; Vincent, au contraire, regagnait sa voiture d'un pas presque léger, porté par une certitude : quoi que lui réserve l'avenir, il avait regagné la confiance de Ninon. Il l'avait vu dans son regard. Et ça, ça n'avait pas de prix...

– Mais qu'est-ce qu'elle a d'extraordinaire, cette nana ?

Lucas écoutait son pote Rudy spéculer sur la marche à

suivre et se perdre en conjectures : devait-il foncer à Paris ? Si oui, quelles explications allait-il donner à sa grand-mère ? Ou alors, devait-il y aller en douce ? À moins que la meilleure tactique ne soit de faire le mort durant quelques jours, puis de jouer sur l'effet de surprise ? Etc., etc., etc.

– Comment ça ?

– Tu parles tout seul depuis une demi-heure en élaborant des plans complètement foireux et en disant tout et son contraire ! D'habitude, avec les filles, tu cibles – de préférence une touriste de passage –, tu attaques comme un missile et tu jettes après consommation. Fin des opérations, on passe à la suivante...

– Lucas ! C'est pas vrai ! T'exagères !

– À peine !

– Ouais, bon, d'accord... Je m'amuse, des fois, je le reconnais...

– Tu fais *tout le temps* comme ça ! Et là, une sortie en boîte, un plan discute... et tu me dis qu'il ne s'est rien passé, ce qui n'est déjà pas ton genre ! En même temps, rien qu'à te regarder, je vois que t'as la tête en vrac ! Donc, je me demande ce qu'elle a d'extraordinaire pour que tu sois accro au bout de vingt-quatre heures !

– Tu délires ! Je suis pas accro !

– Elle n'a fait que passer, Rudy. Entre Marseille et Paris, elle a choisi. Qu'est-ce que tu crois ? Que vous allez sortir ensemble à mille kilomètres de distance, alors qu'il ne s'est rien passé la nuit dernière et que tu ne sais rien d'elle ? C'est n'importe quoi ! Oublie-la. D'habitude, tu fais ça en cinq minutes : ça ne devrait pas te poser de problème...

Rudy méditait les paroles de son copain.

– Oui, tu as peut-être raison..., soupira-t-il.

– Évidemment que j'ai raison. Pour ce genre de problème, tu peux me faire confiance : question d'expérience, mon pote !

En se tournant lui-même en dérision, Lucas fit sourire Rudy qui, de surcroît, savait bien qu'il avait raison. Ninon était partie. Il ne fallait plus y penser. Point barre.

Vincent démarra sa voiture mais sursauta quand il vit sa fille ouvrir la portière et s'asseoir du côté passager.

– Mais qu'est-ce que tu fous là ?

– J'ai réfléchi, moi aussi. J'ai été un peu dure… Ça n'excuse pas ce que tu as fait, mais ce n'est pas une raison pour foutre en l'air quelque chose que tu viens de commencer. J'aurais l'impression qu'on fait un pas en avant et deux en arrière ! Je ne veux pas de ce genre de plan : on part, on revient, on repart, dans le speed, la galère… Je ne suis pas sûre de rester à Marseille, mais je veux bien essayer. À une condition.

– Dis-moi.

– Ne prends plus de décision à ma place. Et ne me mens plus jamais.

– Ça fait deux conditions, sourit Vincent. Mais je te le promets. Tu te plairas ici : je ferai tout pour que tu…

Ninon interrompit son père.

– Je n'ai pas envie qu'on en parle trop. On laisse faire les choses, et on verra ce qui se passe. En fait, j'ai surtout envie d'avoir une vie normale, sans histoires compliquées…

– Moi aussi, Ninon. Au Mistral, on sera à l'abri des histoires compliquées, j'en suis sûr ! Une vie tranquille, au contraire, c'est ça qui nous attend !

Vincent en était sincèrement persuadé.

Céline | 3

Vincent ne se doutait pas, en réinstallant Ninon au loft, à quel point ses prédictions d'une vie tranquille et sans histoires allaient s'avérer erronées.

Dans les heures qui suivirent, il était tellement heureux d'avoir retrouvé sa fille qu'il ne se fit pas prier pour avouer qu'un mot anonyme l'avait mis sur la piste de la plage. Comprenant immédiatement que Rudy en était l'auteur, Ninon décida de le faire un peu mariner avant de le revoir. Aussi prit-elle soin de ne pas trop sortir du loft les premiers jours, se concentrant sur l'aménagement de sa chambre et passant un nombre impressionnant d'heures au téléphone, pour prévenir ses copains de sa nouvelle vie et les inviter à Marseille.

En réalité, elle devait bien reconnaître que plus elle en parlait, plus elle trouvait l'aventure excitante : l'attrait de la nouveauté, sans doute – et il était vrai aussi que son père était devenu l'homme le plus attentionné de la planète, une vraie crème, même si, dans son sillage, il y avait cette pétasse de Céline.

Ninon n'avait pas tardé à faire sa connaissance : quand elle et son père étaient rentrés au loft le premier soir, elle attendait devant la porte.

– Vincent ! Je suis venue vous voir car il faut absolument qu'on parle, tous les deux !

« Surtout, dis pas bonjour », enragea intérieurement Ninon.

Vincent procéda aux présentations, et un échange d'ondes négatives, que les femmes savent si bien détecter, se fit à travers la poignée de main. Une seconde après, Céline accaparait à nouveau le père de Ninon.

– Vincent, vous devez absolument réfléchir avant de prendre une décision aussi grave. Si vous rentrez à Paris, vous...

– Mon père reste à Marseille, l'interrompit Ninon. Et moi aussi.

Message envoyé : désormais, je serai là...

Car Ninon avait instantanément senti que Céline avait bien l'intention de coller aux basques de son père. Ce qui, d'ailleurs, se vérifia rapidement : le jour suivant, ils déjeunèrent ensemble – « pour le travail » – et, en fin de journée, elle l'accompagna au loft – ils devaient préparer une réunion importante pour le lendemain. Ninon ne put s'empêcher de laisser traîner ses yeux et ses oreilles du côté du salon à deux ou trois reprises : Céline, jambes et seins généreusement dévoilés, flattait Vincent sans vergogne.

– À voir vos dessins, et à vous entendre, j'ai vraiment le sentiment que vous cajolez la ville, comme une femme que vous voudriez séduire... et vous savez vous y prendre, ça ne fait aucun doute.

Ninon leva les yeux au ciel : qu'est-ce qu'il ne fallait pas entendre !

Le lendemain, comme Vincent lui racontait cette fameuse réunion avec Céline, elle ne put s'empêcher de le sonder.

– Tu la trouves comment ?

– Très compétente. Et je dois reconnaître qu'elle m'apporte une aide précieuse pour comprendre les subtilités de la politique locale.

– Mais elle te plaît ?

– Ninon ! On ne parle pas de ça !

– Parce que toi, en tout cas, tu lui plais, et beaucoup, même !

– Pourquoi tu dis ça ?

– Tu sais bien que les filles ne se trompent jamais là-dessus, pas vrai ?

Effectivement, Vincent n'allait pas tarder à le vérifier. Quelques minutes après cette conversation, Céline sonnait à la porte. Elle venait annoncer à l'architecte que, suite à la réunion du matin, leur projet de valorisation des abribus venait d'être accepté par le cabinet du maire. Elle l'invitait à dîner pour fêter ça.

– C'est qu'on avait prévu une soirée bolo-photos tous les deux..., objecta Ninon.

– Bolofoto ? C'est un jeu ?

– Spaghettis sauce bolognaise, plus visionnage des trois cent soixante photos que Ninon a rapportées du Mali. Elle a le déclic facile.

– Dans ce cas..., commença Céline.

– Mais on peut très bien reporter ça à demain, hein, Ninon ? Je serai ravi qu'on célèbre notre première victoire, mais à une condition : c'est moi qui vous invite.

Les yeux de Céline brillèrent.

– On ne refuse pas les galanteries...

Puis elle se tourna vers Ninon avec un sourire mielleux :

– Je vous l'emprunte juste pour la soirée...

Ninon ne répondit pas et les regarda partir en soupirant. « Celle-là, elle travaille à l'usure », songea-t-elle – et, au fond d'elle-même, elle espérait que son père n'allait pas craquer : elle ne sentait pas cette Céline Frémont, vraiment pas...

Quand Vincent et Céline traversèrent la place du Mistral, ils faillirent se faire renverser par Rudy qui courait chez les Marci, complètement plongé dans ses réflexions. D'abord occupées par Ninon, ses pensées s'étaient rapidement tournées vers un autre sujet féminin : Luna, la mère du jeune homme.

Luna était le type même de femme qui, ayant eu un enfant très jeune et une vie tumultueuse, avait une présence maternelle aléatoire... Ce n'est pas qu'elle n'aimait pas Rudy – loin de là ; simplement, elle était tout le temps à droite et à gauche, s'investissant à fond dans son métier de comédienne, ou bien suivant quelque passion amoureuse dévastatrice. Luna avait tendance à brûler la chandelle par les deux bouts, à flirter avec le danger, et, au fond d'elle, elle était lucide : Rudy était en de bien meilleures mains auprès de sa mère à elle, Mirta, plutôt que balloté aux quatre coins du monde...

Mais, depuis quelque temps, Luna se sentait plus sereine et plus sûre d'elle-même. Elle avait envie de vivre quelque chose avec son fils, devenu un jeune adulte, quelque chose qui les rapprocherait et qui, à coup sûr, serait profitable à Rudy. Elle avait donc débarqué au *Select* deux heures seulement après avoir prévenu de son arrivée, ce qu'elle faisait régulièrement. Les retrouvailles s'étaient plutôt bien passées, et Luna avait pu exposer à son fils l'objet de sa visite :

– Ça te dirait de venir un an en Argentine avec moi ?

– En Argentine ?

– Je pars en tournée là-bas pour un an. Une vraie tournée, correctement payée, avec beaucoup de dates mais aussi pas mal de temps libre... On pourrait s'installer à Buenos Aires, et visiter le pays, aussi : c'est grand comme cinq fois la France et il y a des milliers de choses à voir ! Sans compter que les gens sont adorables ; et les filles sont parmi les plus belles du monde...

– Mais... mais... et le lycée ?

– Tu pourras passer ton bac là-bas sans problème : il y a un lycée français. Et tu parles espagnol, donc, de ce côté-là...

– Faut que je réfléchisse ! Et Mima, elle est au courant ?

Mima était le surnom affectueux que Rudy donnait à sa grand-mère Mirta.

– Pas encore. Mais si tu ne viens pas, ce n'est pas la peine de lui en parler, ce sera plus simple comme ça...

– Je ne sais pas... Je ne m'y attendais pas !

– Je comprends. Mais imagine : un an dans un pays comme l'Argentine, c'est l'occasion de vivre des tas de trucs, de sortir de la routine du Mistral ! Et pour tes copains, ça passera vite, crois-moi, tu ne les perdras pas...

– Mais quand même... Et puis... on n'a jamais vécu ensemble, glissa timidement Rudy.

– C'est l'occasion ! Vu mon travail, je ne serai pas souvent sur ton dos, fais-moi confiance !

– Tu me mets une pression, là, maman... Je ne sais vraiment pas...

– Penses-y, et on en reparle dans les prochains jours. D'accord ?

Rudy, un peu secoué, se précipita chez Lucas. Sur la place du Mistral, il bouscula le père de Ninon et pensa un instant que, s'il s'était passé quelque chose avec cette dernière, ça l'aurait aidé à y voir clair. Mais il passa à autre chose en sonnant à la porte des Marci. François, le père de Lucas, lui ouvrit la porte.

– Rudy ! Ça gaze ?

– Lucas est là ?

– Dans sa chambre. Tu dînes avec nous ?

Mais Rudy se précipitait déjà dans la chambre de son copain, lequel regardait *Alien*, film qu'il connaissait par cœur mais qu'il « étudiait » pour le concours d'entrée d'une école de cinéma.

– Tu arrives au bon moment ! C'est la scène où l'alien va…

– Je m'en fous, des aliens ! Ma mère a débarqué !

Au ton de Rudy, Lucas comprit qu'il valait mieux mettre le DVD sur « pause ».

– Je sais. C'est quoi, le problème ? Vous vous êtes engueulés ?

– Non, au contraire : ça faisait longtemps qu'on ne s'était pas entendus aussi bien ! C'était super !

– Et alors ?

– Alors, elle m'a proposé de partir en Argentine avec elle… Elle part en tournée pour un an.

Lucas eut l'air secoué par l'annonce.

– Et… tu vas y aller ?

– Mais j'en sais rien ! Putain, c'est pour ça que je suis là, pour que tu m'aides à y voir clair ! J'ai à la fois envie d'y aller et envie de rester ici !

– Nous voilà bien…

– C'est sérieux ! Et puis, tu fais partie du problème, toi aussi !

– Une « partie du problème », merci…

– Allez, fais pas le con ! Tu comprends ce que je veux dire ! T'es mon meilleur pote, c'est pas facile d'imaginer qu'on ne se verra pas pendant un an !

– Non, pour moi non plus, admit Lucas.

– Et puis, si jamais ça se passe mal avec ma mère, là-bas ? C'est pas évident…

– C'est sûr qu'il y a un risque...

– Et c'est vrai que... bon, je n'ai pas encore rappelé Ninon, mais...

– Attends, l'interrompit Lucas. Dis-moi que j'ai une hallucination auditive, ou quelque chose comme ça...

– Pourquoi ?

– Qu'est-ce que cette Ninon, que tu as à peine vue, qui est partie et qui, je te le signale, ne t'a pas rappelé, a à voir avec ton départ en Argentine ? J'ai dû rater un épisode ! T'es amoureux, c'est ça ? Je vais te dire : tu te fais un film, et le scénario est nul ! T'y crois même pas !

– Non, je suis pas amoureux ! Raconte pas de conneries !

– Alors, explique ! Je ne vois pas bien, là...

– Rien, rien... Oublie, tu as raison. Qu'est-ce que tu ferais, toi ?

– Je ne sais pas. Ma mère ne risque pas de me proposer une chose pareille : une journée pédagogique à Aix, c'est déjà une aventure pour elle !

Rudy soupira, pressé que Lucas mouille sa chemise.

– Je crois que, si on partait toi et moi, là, ça serait vraiment le kif, c'est clair. Tout seul, je ne sais pas. Sincèrement, je ne sais pas...

– On est exactement sur la même longueur d'onde.

– Ouais... On est dans la merde.

Blanche frappa et entra en même temps.

– Le dîner est prêt. Rudy, on t'a mis un couvert, mais tu fais comme tu veux...

– Il mange ici, répondit Lucas sur un ton catégorique. Il commençait à flipper : si jamais Rudy partait en Argentine, il avait bien l'intention de profiter de son pote au maximum !

Rudy termina le dîner avec les idées toujours aussi embrouillées. Il avait dû, en plus, donner le change aux parents de Lucas, qu'il trouvait adorables mais, chacun dans son genre, un peu « gonflants ». Blanche s'était interrogée sur la qualité des études en Argentine, promettant de se renseigner sur la question dès le lendemain, tandis que François avait blêmi lorsque Lucas avait suggéré du bout des lèvres que, peut-être, mais il disait ça comme ça, il existait des écoles de cinéma à Buenos Aires... Rudy avait coupé court – inutile de semer l'embrouille dans la famille Marci – en déclarant qu'il y avait 90 % de chances qu'il reste au Mistral, même si, en réalité, son incertitude ramenait ce pourcentage à 50 %...

En sortant de chez les Marci, il regarda vers le loft de Vincent, songeur. Lucas avait raison : il délirait complètement au sujet de Ninon ; mais il devait bien reconnaître qu'il s'était passé quelque chose d'inhabituel. Certes, il n'était pas amoureux, mais il n'arrêtait pas de penser à elle – c'était peut-être un symptôme ? Sa connaissance des arcanes sentimentaux était inversement proportionnelle à son expérience des histoires sans lendemain... Du coup, il se sentait démuni face à ses propres sensations. Il n'avait pas encore osé téléphoner à Ninon, espérant qu'elle le rappellerait la première, même pour simplement lui dire qu'elle était bien rentrée à Paris...

Rudy décida de précipiter un peu les événements et composa son numéro depuis son portable. Durant la sonnerie, il vit une silhouette féminine se dessiner en ombre chinoise sur la fenêtre du loft. Il fronça les sourcils et écarquilla les yeux lorsque la silhouette s'empara d'un téléphone et décrocha, au moment même où il entendait la voix de Ninon dans son propre combiné !

– Allô ? Rudy ? C'est toi ? Allô ?

Passé le premier moment de surprise, Rudy se reprit :

– Ninon ? Je ne t'entends pas bien !

Il raccrocha brusquement. La silhouette retira le téléphone de son oreille. Rudy appuya sur la touche du rappel automatique. Une première sonnerie. La silhouette replaça le téléphone contre son oreille, et Ninon décrocha...

– Allô ? Tu m'entends mieux, maintenant ?

– Ouais ! J'ai une surprise, Ninon : je suis venu te voir à Paris !

– À Paris ? Ninon déglutit.

– J'ai eu ton adresse par ton père !

– Par mon père ? Écoute, Rudy, je ne comprends rien, mais c'est pas possible...

– Mais si ! Rien n'est impossible au Mistral ! Tiens, la preuve, je sonne chez toi, là !

Et Rudy sonna à la porte du loft. Ninon alla ouvrir, déstabilisée ; elle tenait toujours son téléphone contre son oreille... Rudy hocha la tête, moqueur.

– On continue à se parler par téléphone ?

– ...

Rudy se frappa le front.

– C'est vrai que t'es à Paris, j'oubliais !

– Ça va..., protesta Ninon. Elle rangea son portable et fit entrer Rudy.

– C'est classe, chez toi... Faut dire « chez toi » ou « chez ton père » ?

– Chez moi, admit Ninon. Enfin, pour l'instant...

Rudy sourit, mais décida de ne pas insister. Ninon prit les devants :

– Je comptais t'appeler.

– Mouais...

– J'ai réfléchi. Avec mon père, on a parlé, et j'ai décidé de rester à Marseille. Au moins pour tenter l'expérience.

– C'est sympa de prévenir les amis.

– Les amis ? Les vrais amis ne courent pas te balancer quand tu leur demandes de garder un secret !

Rudy prit un air contrit.

– Okay, okay… J'ai dit à ton père pour la plage, j'avoue. Mais je n'ai pas eu tort : finalement, si vous vous êtes réconciliés, c'est un peu grâce à moi !

– C'est clair ! Merci, Rudy, t'es le meilleur…, ironisa Ninon.

– L'important, c'est que tu sois à Marseille. Je te donne ma parole que tu as fait le bon choix. Tu vas décoller, ici ! Alors, t'arrêtes de *faire la bèbe* ?

Ninon devina le sens de l'expression et comme, au fond, elle ne demandait que ça, elle changea d'attitude sans se faire prier. Elle sourit et redevint chaleureuse.

– Quoi de neuf, à part ça ? Pour moi, tu connais toutes les nouveautés…

– Pas grand-chose. Ma mère aimerait que je parte avec elle en Argentine pendant un an…

– Et tu dis que c'est pas grand-chose ! À toi aussi, ta mère te fait un plan… Ils ne seraient pas cousins, nos parents ?

– Moi, c'est un peu différent, objecta Rudy. L'Argentine, c'est pas à trois heures de TGV, et on ne peut pas s'appeler avec un portable…

– Le drame ! ironisa Ninon.

– Se dire que tu ne pourras même pas parler pendant des heures avec tes copains, c'est peut-être pas un drame, mais ça fout les boules, oui.

– Bon, et alors, tu vas y aller ?

– Mollo ! Ce soir, vous me mettez tous la pression ! Comme si c'était facile de décider de ce genre de truc en deux minutes !

– Je m'intéresse, c'est tout, pardon…

Une petite alarme dans le cerveau de Rudy : « Je m'intéresse », tiens, tiens…

Au même moment, mais à quelques kilomètres de distance, Céline Frémont prononçait exactement les mêmes mots à un Vincent embarrassé. Le dîner était progressivement passé de la conversation professionnelle à des propos plus intimes. En réalité, c'est surtout Vincent qui s'était livré : Ninon, son mariage raté, sa difficulté à résister aux femmes... Autant de sujets qu'il aurait aimé éviter et sur lesquels il s'était épanché. Il aurait dû freiner sur le vin, et moins se laisser bercer par la voix de Céline, par son regard, par sa bouche qu'il avait parfois l'impression de voir en gros plan. « Reprends-toi, songea-t-il, c'est pas le moment de déconner. »

À quarante ans passés, Vincent connaissait ses travers, et le léger frissonnement qui traversait son dos depuis deux heures lui envoyait un message clair : il avait envie de Céline, elle le troublait, et il savait parfaitement que l'affaire, pourvu qu'il se lâche un peu, était réglée. Car Vincent sentait en toute certitude quand il plaisait à une femme : il n'était pas un dragueur qui monte à l'assaut sans se soucier de l'échec, non ; il faisait partie de ces séducteurs qui ne s'attaquent qu'à des proies consentantes et qui détectent, en moins d'une minute, s'ils ont ou non leur chance...

– Vous m'intéressez beaucoup, comme tous les hommes aux multiples facettes, miaula la bouche de Céline en gros plan, tirant Vincent de ses pensées.

Comme il se doit, il la raccompagna chez elle. « Ne monte pas boire un dernier verre, surtout pas », se dit-il. Et naturellement, cinq minutes plus tard, il trinquait avec elle, assis sur le canapé du salon. Elle avait retiré ses chaussures et ses boucles d'oreille devant lui – le signal que l'assaut était non seulement possible, mais encouragé.

– Vincent ? Vous êtes perdu dans vos pensées ?

– Heu... Non, non, je suis désolé... Je... J'ai passé une très bonne soirée, Céline.

– Moi aussi. Grâce à vous.

– Vous me flattez. Mais je vais y aller maintenant : je ne

voudrais pas rentrer trop tard, alors que Ninon vient à peine de s'installer à la maison.

– Je comprends.

Il se dirigea vers la porte et Céline le suivit. Elle aussi savait lire dans le regard des hommes – et celui de Vincent ne laissait pas de doute sur son désir profond... Quand il lui tendit la main avec gaucherie, elle arbora un air à la fois innocent et mutin qui signifiait : « On se serre la main ? Après une si bonne soirée ? » Vincent mordit à l'hameçon et se pencha pour lui faire une bise. Leurs lèvres se frôlèrent – une fraction de seconde, mais suffisante pour faire voler en éclats leur retenue. Ils s'embrassèrent alors fougueusement, et Vincent attira Céline contre lui...

Si Rudy et Ninon, de leur côté, ne connaissaient pas les mêmes débordements, leur bonne entente était repartie au quart de tour, et leur attirance réciproque, bien que chacun se refuse à l'avouer, était flagrante. Car chez les adolescents, les atomes crochus amoureux se manifestent d'abord par une furieuse tendance à parler, parler, parler, pendant des heures, de tout et de rien, passant du sujet le plus grave à la plaisanterie la plus futile, le tout entrecoupé de fous rires généralement inexplicables...

C'était exactement ce que venaient de connaître Rudy et Ninon. Cette dernière ne s'était nullement inquiétée de l'heure : Vincent les surprit donc en pleine conversation hilare à son retour, peu après deux heures du matin.

– Papa, ça va ? Dis donc, vous avez joué les prolongations, avec la blonde de la mairie !

– Heu... oui, on a dîné super tard et, en sortant du resto, on a bu un pot...

– Bon, je vais vous laisser, intervint poliment Rudy.

Il se dirigea vers la porte et Ninon lui emboîta le pas.

Tandis que Vincent se précipitait dans la salle de bains pour vérifier une nouvelle fois qu'aucune trace de ses ébats n'était visible, les deux jeunes se séparaient dans le vestibule, avec une maladresse réciproque.

– Bon, ben... salut, conclut Rudy faute de mieux.

– Salut...

Elle ouvrit la porte. Rudy mit un pied dehors puis, faisant subitement volte-face, il se retourna et embrassa Ninon... qui lui rendit longuement son baiser. Puis ils se regardèrent, émus et joyeux à la fois.

– On se voit demain ?

– Évidemment !

Rudy parti, Ninon referma la porte, transportée par une douce griserie. Mais pas question que son père s'en aperçoive : elle était décidée à le tenir à l'écart de sa vie sentimentale. Quand elle traversa le salon pour aller dans sa chambre, Vincent dissimulait sa nervosité en se servant un dernier whisky.

– Alors, cette soirée ? attaqua Ninon. Tu ne m'as pas raconté.

– Si, je t'ai dit : resto, on a parlé boulot... Rien de spécial. Et toi ?

– Moi non plus, rien de spécial. Rudy est passé, on a discuté, tranquille...

Leurs mensonges réciproques limitaient la conversation : père et fille se séparèrent donc pour regagner leur chambre et connaître, pour des raisons opposées, une nuit sans repos. De son côté, Ninon savait qu'elle était en train de tomber amoureuse – perspective qui l'exaltait et l'inquiétait tout à la fois. Vincent, lui, se reprochait d'avoir commis une bêtise, tout en cherchant à se rassurer sur ses conséquences : ce n'était pas parce qu'il avait couché avec Céline qu'il allait vivre une histoire avec elle ! Il allait rapidement mettre les choses au clair. Oui, couper court était décidément la meilleure chose à faire.

Luna | 4

Peu désireux d'affronter Céline à la mairie, Vincent quitta le loft très tôt le lendemain et se rendit directement chez elle. Il frappa à la porte sans obtenir de réponse et, après avoir un peu hésité, pénétra dans l'appartement. Il appela à la cantonade – sans succès. De la salle de bains, le bruit d'une douche lui parvint. Vincent s'y dirigea... et surprit Céline affalée dans sa baignoire, visiblement victime d'un malaise. Il se précipita vers elle :

– Céline ! Qu'est-ce qui se passe ?

Elle ouvrit les yeux avec difficulté et, reconnaissant Vincent, se blottit dans ses bras.

– Vincent... Ce n'est rien... Serre-moi...

Il s'exécuta tandis que Céline semblait reprendre pied. Il l'aida à sortir de la douche et, avec douceur, la ramena dans sa chambre. Elle s'accrochait à lui comme une petite fille en détresse.

– Vincent, reste avec moi...

– Oui, oui... Je reste un petit peu et, quand tu iras mieux, je partirai travailler...

– J'ai besoin de toi... Parfois, je me sens si vulnérable...

Signal d'alerte chez Vincent : attention, femme à problèmes !

– La vie n'a pas toujours été tendre avec moi, poursuivit Céline. J'ai beaucoup souffert, et parfois, ça me rattrape...

– On a tous connu des accidents, répondit platement Vincent, soucieux de ne pas la voir s'épancher sur ses tourments intimes.

– Mais ça n'arrive pas souvent, ne t'inquiète pas : tu n'auras pas à subir ça tous les jours ! Je suis plus souvent de bonne compagnie que d'humeur morose !

– Je n'en doute pas. Mais je voulais te dire...

– Non, pas maintenant. Ne dis rien. Embrasse-moi seulement...

La moitié du cerveau de Vincent lui criait de repousser Céline et de déguerpir au plus vite ; l'autre moitié lui renvoyait l'image de son corps offert et les souvenirs brûlants de la nuit passée. Il embrassa la jeune femme qui l'attira vers le lit tout en commençant à le déshabiller.

– Viens... J'ai envie de toi...

Vincent ne savait pas résister à pareille déclaration – et il aida Céline à déboutonner sa chemise.

Ce même matin, Lucas ruminait de sombres pensées : ça ne l'amusait pas du tout, mais vraiment pas du tout, que Rudy parte en Argentine – ou, pour être exact, qu'il parte sans lui. La perspective d'intégrer une école de cinéma, qui hier encore l'exaltait, lui paraissait bien terne. Il imaginait Rudy traversant la Patagonie en moto, ou faisant du cheval avec des gauchos, ou rencontrant quelque danseuse de tango dans un cabaret de

Buenos Aires... Autant d'images directement puisées dans sa mémoire cinéphilique et qui, comparées à sa future existence d'étudiant, avaient nettement plus de classe !

Après tout, peut-être que l'idée de partir avec Rudy n'était pas si délirante... Lucas était pressé d'en parler à son copain : il se présenta donc au *Select*. À la réception, une femme qu'il ne connaissait pas lui demanda ce qu'il désirait.

– Je viens voir Rudy, laissa-t-il tomber en se dirigeant vers l'escalier.

– Il est déjà parti. Tu as bien changé depuis la dernière fois qu'on s'est vu !

Lucas se retourna, et réalisa alors que la femme qu'il avait à peine regardée était Luna, la mère de son ami. Il fut tout remué de la trouver si jeune et, très franchement, si canon...

– Ça fait quoi ? Quatre, cinq ans ?

– Heu... Oui, peut-être, je n'en sais rien.

– Rudy me parle tout le temps de toi. Tu es comme son frère, visiblement...

– Ah bon ?

Lucas se sentait tout pataud face à Luna : il avait l'horrible sensation de faire terriblement gamin.

– Il paraît que tu veux devenir réalisateur ?

– Oui ! Enfin, j'aimerais...

– Quand on veut, on peut ! Si c'est ton désir profond, fonce sans te poser de questions, n'aie pas peur des obstacles, et tu y arriveras.

– Vous restez longtemps à Marseille ?

– Tu peux me tutoyer ! Je repars dans quelques jours... Pourquoi ?

– Je me disais que, peut-être... Je prépare un petit film pour le concours d'entrée à mon école de cinéma, et vous... tu aurais pu jouer dedans.

Luna ne répondit pas tout de suite. Elle scrutait ce jeune

homme un peu coincé qui, manifestement, faisait beaucoup d'efforts pour surmonter sa timidité... ce qui lui donnait un petit côté ténébreux tout à fait charmant.

– Bien sûr !

– Sérieux ?

– Si je suis toujours là, pas de problème, avec plaisir ! Je ne suis pas débordée, ici... Tu as un scénario ? Ou tu me racontes l'histoire ?

– Je préfère que tu le lises, et je t'expliquerai dans la foulée ce que j'ai envie de faire. Mais il faut que je repasse chez moi pour le chercher...

– Je dois m'absenter pour la journée. Apporte-le-moi dans la soirée, okay ?

– Sans faute !

Et quand Lucas quitta Luna, il avait totalement oublié l'Argentine et Rudy...

Au même moment, celui-ci se trouvait à la plage et s'abandonnait dans les bras de Ninon qui, la première, osa poser la question qui fâche :

– Si tu dois partir en Argentine, je préfère qu'on ne se voit pas trop...

– Pourquoi ?

– Pour ne pas m'attacher à toi.

– Tu sais, il y a peu de chances que je parte... Qu'est-ce que tu en penses ?

– Je pense que tu dois faire ce dont tu as envie sans penser aux autres.

– Les autres, comme tu dis, ça compte !

– Mais ils n'ont pas à intervenir dans ta vie.

Rudy médita ces paroles. Ninon disait vrai, mais il n'avait pas trop envie d'y réfléchir maintenant : sa décision finirait bien par s'imposer d'elle-même. Il se leva et désigna la mer.

– Tu viens te baigner, ou tu préfères que je te jette à l'eau ?

– J'aimerais voir ça !

– Ici, on a la technique pour ça !

– Ah ouais ? Et c'est quoi ? Un coup de boule ? Ou alors, vous vous y mettez à plusieurs ?

– Tout de suite la violence ! Rien à voir ! Nous, on fait comme ça...

Rudy commença à chatouiller Ninon en quelques endroits sensibles. Surprise, elle ne put riposter et se trouva vite désarmée, victime de fous rires et plus vraiment maîtresse de ses mouvements. Le garçon en profita pour la traîner vers le rivage sur quelques mètres, tout en lui ménageant habilement une issue vers la mer : si elle voulait s'échapper, elle devait courir vers l'eau...

Après la plage, Ninon proposa à Rudy de la raccompagner au loft. Vincent l'avait prévenue qu'il ne rentrerait pas avant huit heures du soir : autant profiter de l'appartement ! Elle prit une douche et sortit de la salle de bains enroulée simplement dans une serviette, tandis que Rudy l'attendait dans sa chambre en regardant ses photos du Mali.

Ninon s'installa à ses côtés et lui expliqua certains clichés. Mais, assez vite, ils délaissèrent les photos et s'abandonnèrent à une étreinte qui devint de plus en plus poussée. La serviette de Ninon était tombée et Rudy enleva son tee-shirt avant d'embrasser sa partenaire avec plus d'empressement encore. Ninon se détacha légèrement de lui :

– Attends, Rudy, doucement...

– Pardon...

– Il faut que je te dise quelque chose...

– Oui...

Rudy n'écoutait Ninon que d'une oreille, trop concentré sur sa peau qu'il couvrait de baisers gourmands.

– Je n'ai jamais... fait ça...

– Quoi donc ?

– C'est la première fois pour moi...

Rudy réalisa vaguement – davantage à l'intonation de Ninon qu'à ses paroles qu'il n'avait pas vraiment entendues – qu'elle lui disait quelque chose de grave. À son grand regret, il se détacha de son ventre et la regarda dans les yeux. Vite, une formule sans risque :

– Quel est le problème ?

– Ce n'est pas un problème, mais j'ai toujours pensé que, pour la première fois, je ne coucherais pas avec un mec de passage...

– Je suis un mec de passage ?

– Ne te vexe pas ! Je ne crois pas ça mais, d'un autre côté, on se connaît à peine...

– On ne se connaît pas depuis longtemps, mais on se parle comme si c'était depuis toujours, non ?

– C'est vrai. Et tu es différent des autres garçons avec qui je suis sortie.

– Toi aussi, tu es différente : 300 % mieux. Et je place la barre très haut.

– N'exagère pas, le Marseillais !

– Les Parisiennes ! Toujours aussi méfiantes ! J'y crois pas !

La légèreté de Rudy avait détendu l'atmosphère. Ninon l'attira de nouveau contre elle et, cette fois-ci, se montra plus entreprenante, alors même que Rudy faisait preuve de retenue.

– Tu ne te déshabilles pas ? lui susurra Ninon à l'oreille.

Rudy était désarçonné par pareil revirement. Mais, plutôt que de se perdre en conjectures, il saisit la chance au vol : en moins de temps qu'il ne faut pour claquer des doigts, il s'était débarrassé de ses vêtements et serrait de nouveau son amie contre lui, se laissant porter par l'excitation et la griserie. La vie était cool, et Ninon si jolie...

Quand Rudy rentra chez lui, un peu plus tard, il trouvait la vie nettement plus injuste – du moins plus compliquée. Une idée tournait dans sa tête, obsédante : ça ne s'était pas très bien passé avec Ninon. Elle n'avait visiblement pas éprouvé beaucoup de plaisir, et lui avait moyennement assuré... Qu'est-ce que ça voulait dire ? Avec « les autres », ça se passait toujours bien – et là, alors qu'il ressentait des émotions nettement plus intenses que d'habitude, tout partait en vrille !

Le garçon manquait d'expérience pour savoir que là résidait justement la cause de ses tourments : parce qu'il était – inconsciemment – amoureux de Ninon, ce premier rapport, plus « important » que les coucheries sans lendemain dont il était coutumier, avait de fortes chances d'être plus difficile. D'autant plus qu'il s'agissait d'une première fois pour l'un des deux...

Ce dernier point inquiétait particulièrement Rudy : Ninon allait-elle le repousser, ne pas lui donner une deuxième chance ? Avant cet après-midi, Rudy avait intérieurement décidé de rester à Marseille – en partie, justement, à cause de Ninon. Maintenant, il se demandait s'il ne ferait pas mieux de suivre sa mère en Argentine...

Il trouva Luna complètement abattue. On pouvait même dire qu'elle faisait franchement la tête. « À tous les coups, elle s'est disputée avec Mirta », pensa Rudy : sa mère et sa grand-mère entretenaient une relation difficile, souvent conflictuelle, et il détestait être témoin de leurs embrouilles. Comme la journée était partie pour mal finir de toute façon, Rudy décida de ne pas éluder la question.

– Tu t'es engueulée avec Mima, je parie.

– Pourquoi tu dis ça ? Pas du tout !

– Tu tires une de ces gueules !

Luna soupira profondément.

– La tournée en Argentine est annulée. Je suis au chômage.

– C'est dégueulasse !

– J'ai passé toute la journée à déblayer le terrain pour l'installation là-bas : le logement, ton bahut, tous les trucs administratifs… et juste avant de rentrer à la maison, on m'appelle, et clac ! adieu l'Argentine…

– T'es vachement déçue…

– Pour moi, c'était une vraie chance : des tournées comme ça, on ne t'en propose pas toutes les semaines ! Et puis, j'étais contente à l'idée que tu viennes avec moi – enfin, si tu avais décidé de partir. Mais bon, n'en parlons plus.

D'une certaine manière, Rudy était soulagé. Voilà au moins qui réglait son dilemme.

– Qu'est-ce que tu comptes faire maintenant ?

– Je vais rester un peu ici, et passer des coups de fil un peu partout pour trouver du travail. En attendant, j'ai déjà un engagement pour le film d'un jeune réalisateur, ici, à Marseille.

– C'est quoi ?

– Ça s'appelle *Beauté totale*… de Lucas Marci.

– Lucas ? Je vois… Il a changé de titre : avant, ça s'appelait *Mistral Boogie*. C'est super que tu l'aides, en tout cas.

– Qui sait ? Peut-être que, dans quelques années, il gravira les marches du festival de Cannes et qu'il se souviendra de moi ! plaisanta Luna.

– Évidemment qu'il s'en souviendra !

Rudy disait juste : Lucas était littéralement envoûté par Luna et, dans les jours qui suivirent, lui rendit souvent visite – officiellement pour « travailler son rôle ». La mère de Rudy se prêtait de bonne grâce à l'exercice, car l'enthousiasme et la jeunesse du garçon lui changeaient les idées, d'autant que ses relations avec Mirta se dégradaient inexorablement.

Alors qu'il avait prévu de suivre les Mistraliens pour faire un film de « cinéma-vérité », le jeune réalisateur avait fini par transformer son projet en un hommage à Luna, devenue son égérie et son fantasme. Pour ne pas éveiller les soupçons de son entourage, il tourna des images pour la forme, consacrant une journée à filmer Roland et sa serveuse Mélanie, et une autre à interroger Rachel, la mémoire vivante du quartier, qui évoqua ses douloureux souvenirs de l'Occupation ; il suivit même sa petite sœur Johanna, futur espoir du patinage artistique, et Vincent Chaumette, à qui il demanda son point de vue d'architecte sur le Mistral.

Mais le soir, Lucas montait son film en ne gardant que les images de Luna. Il s'interrogeait : quelle serait sa réaction quand il lui montrerait le résultat ? D'avance, il en frissonnait presque...

Dans les jours qui suivirent le malaise de Céline, Vincent finit par renoncer à rompre avec elle. D'abord pour la préserver ; ensuite, parce qu'il avait le sentiment de vivre une situation plutôt... avantageuse : elle paraissait certes fragile mais, contrairement à ses craintes, ne se montrait pas du tout collante. À la mairie, elle s'avérait une formidable alliée pour déjouer les pièges que nombre de cadres, jaloux de la venue d'un « Parisien », semaient sur le chemin de l'architecte. Elle faisait preuve d'un grand flair politique et savait habilement jouer de tout son réseau d'influences pour pousser la carrière de son amant clandestin. En cela, Céline tenait de son père, Charles Frémont, qu'elle présenta à Vincent à l'occasion d'une réception.

Avocat de formation, Frémont était l'archétype du notable élégant, au regard énigmatique et rusé – le genre d'homme dont on se demande ce qu'il est en train de manigancer sous ses manières courtoises, et dont le discours ne laisse aucune place pour le doute.

– Au vu des compliments que j'ai entendus dans la bouche de Céline, j'espère que nous aurons l'occasion de travailler ensemble, avait-il d'emblée déclaré à Vincent au cours de la soirée. Je cherche des hommes comme vous, talentueux et ambitieux.

– Ne me jugez pas trop vite, lui avait répondu Vincent.

– Je me trompe rarement, croyez-moi, avait conclu Frémont.

La question, de toute façon, ne se posait pas : Frémont dirigeait une entreprise de rénovation urbaine, Phénicie SA, et le travail de Vincent à la mairie lui interdisait d'être engagé en même temps par une société privée.

Céline lui avait aussi présenté sa sœur cadette, Juliette, qui connaissait déjà Ninon : les deux jeunes filles s'étaient rencontrées au lycée au moment de la rentrée et avaient immédiatement sympathisé. Ceci, d'ailleurs, inquiétait Vincent : il ne tenait pas à ce que sa fille apprenne qu'il était l'amant de Céline. Celle-ci n'était pas en odeur de sainteté chez Ninon, il le savait ; aussi se sentait-il incapable de lui avouer la vérité. Il feignait donc de croire qu'il pourrait indéfiniment maintenir une relation clandestine avec Céline. Pour l'instant, c'était facile : ils se voyaient surtout pour faire l'amour, en coup de vent – mais après ? Comme toujours, Vincent décida de se laisser porter par les événements.

Ceux-ci, encouragés par Ninon, intervinrent à l'approche de Noël.

Après son premier rapport intime avec Rudy, Ninon avait ressenti un malaise. Elle ne savait pas à quoi s'attendre au juste : ses copines lui avaient assuré tout et le contraire, allant du « génial, il m'a scotchée au plafond » à « c'était nul, j'ai même eu mal ». Aucun de ces deux extrêmes ne s'appliquait à son cas, mais elle était déçue, et surtout inquiète, de n'avoir pas ressenti quelque chose d'« extraordinaire ». Elle pensait que perdre sa virginité, de surcroît avec un garçon dont elle était à moitié amoureuse, allait entraîner un tourbillon de sensations... mais pas du tout. Elle n'avait ressenti ni douleur – Dieu merci – ni plaisir... Pour Rudy, ce n'était pas la première fois et, malgré son inexpérience, il semblait à Ninon qu'il s'y était bien pris. Et si c'était de sa faute à elle ? Et si elle était frigide ? Ou alors, est-ce que ça voulait dire que ça ne collerait jamais entre eux ?

Ces interrogations, parallèles à celles de Rudy, les amenèrent tous les deux à faire preuve de la même gêne et de la même timidité. Aucun n'osait en parler à l'autre et, pendant plusieurs semaines, ils s'évitèrent sous des prétextes multiples, sans rompre officiellement, mais sans qu'il ne se passe rien non plus...

Cette situation faisait tellement souffrir Ninon qu'elle finit par s'en ouvrir à sa copine Juliette. Car autant elle ne pouvait pas encadrer sa grande sœur Céline, autant, avec la cadette, les atomes crochus avaient explosé dès leur première rencontre : à ses yeux, Juliette était à la fois mature et libérée, sans tabous, tout en ayant un comportement sain. Elle pouvait donc lui faire confiance. Et, quand elle lui exposa son problème avec Rudy, elle fut surprise par sa réponse :

– C'est tout bête : il faut recommencer au plus vite, affirma Juliette en toute simplicité. Ça va marcher.

– Super, ton conseil...

– Je t'assure ! Si Rudy ne te plaisait pas, ou si tu avais couché avec un inconnu n'importe comment, par exemple en rentrant de boîte complètement déchirée, ce serait différent... Mais là, ce qui s'est passé est normal : t'as pas à flipper !

– Mets-toi à ma place !

– C'est exactement ce que je fais. C'était la première fois, tu avais envie de le faire, mais pas non plus à 100 %, Rudy ne savait pas ce qui pouvait se passer entre vous, il était à deux doigts de partir en Argentine... Pour moi, vous étiez coincés. Pour que ça marche, il faut se lâcher ! Ne pas y aller à reculons !

– Je pense que tu as raison, soupira Ninon. Je me sentais coincée, c'est vrai...

– Autant que Rudy, je parie. Je te promets que, si vous vous lâchez, non seulement ça se passera bien, mais ça ira de mieux en mieux. Après, vous ne vous arrêterez plus, tu verras !

Ninon rit à cette perspective. Cette Juliette ne tournait pas autour du pot ; mais elle avait tout à gagner à suivre ses conseils. Si elle continuait à ne rien faire, elle allait devenir folle et perdre toute chance de vivre quelque chose avec Rudy...

Ninon saisit la balle au bond quand son père lui annonça qu'il devait se déplacer à Paris pour son travail – en réalité, pour une petite escapade avec Céline. Juliette et Ninon abordèrent Lucas et Rudy à la plage. Après un petit instant de flottement, et grâce essentiellement à la bonne humeur et à l'énergie de Juliette, tous les quatre passèrent finalement un excellent moment. Juliette trouvait Lucas très craquant, bien que ce dernier se contente d'être gentil, l'air régulièrement absent. Rudy et Ninon, quant à eux, retrouvèrent la légèreté qu'ils avaient partagée lors de leur première rencontre.

Ninon invita tout ce monde au loft – et préciser que « mon père n'est pas là, on sera tranquille » s'avéra très efficace. En réalité, elle avait défini un plan avec Juliette : au bout d'une heure ou deux, celle-ci devait quitter l'appartement en entraînant Lucas d'une manière ou d'une autre, faisant en sorte que Rudy et Ninon se retrouvent en tête-à-tête.

Le plan fonctionna à merveille : Lucas était secrètement pressé de retourner à son film, et Rudy, d'abord gêné par la situation, décida de prendre le taureau par les cornes. Lui aussi, d'ailleurs, ne souhaitait qu'une chose : essayer une deuxième fois...

– Tu sais, Ninon, il y a un truc dont il faut que je te parle.

– Moi aussi.

Rudy scruta le regard de Ninon. Leur complicité fonctionnait à merveille.

– C'est peut-être le même sujet ? poursuivit-il.

– Il y a des chances.

– Ça concerne la dernière fois qu'on s'est vu ici...

– Moi aussi.

– Je... J'aimerais que... Peut-être qu'on devrait... Toi et moi...

Ninon lui facilita les choses.

– Moi aussi, j'aimerais !

– C'est vrai ?

– C'est complètement con, ce qui nous arrive. Faut pas en rester là...

Dans un même élan, Rudy et Ninon tombèrent dans les bras l'un de l'autre. Ils s'étreignirent longtemps, soulagés et confiants...

Le lendemain, Ninon était métamorphosée. Les yeux brillants, un grand sourire aux lèvres, l'air de marcher sur un nuage, elle retrouva Juliette au *Bar du Mistral*. Roland hocha la tête en voyant débarquer cette Parisienne que, finalement, il aimait bien.

– Vous voyez, mademoiselle, les bienfaits de Marseille se lisent sur votre visage ! On dirait que le soleil vous a rendu visite et s'est installé dans votre tête !

– Il y a de ça, oui, admit Ninon en s'installant.

Juliette siffla d'admiration.

– T'as pas passé la nuit à jouer au scrabble avec ta vieille tante, toi...

– C'était vraiment génial ! gloussa Ninon. Tu peux pas imaginer !

– Je préfère pas, tu vas me rendre jalouse !

– Merci, en tout cas : tu m'as aidée à franchir le pas.

– Les copines sont là pour ça, répliqua Juliette avec une modestie affectée.

Elle fit semblant de s'intéresser un instant à la place du Mistral, déserte, puis revint vers Ninon.

– Donc, c'était génial, lâcha-t-elle avec un air de ne pas y toucher.

– Ça va, je vais te raconter... Enfin, pas tout, quand même...

Et Ninon se pencha vers sa confidente...

Quand elle rentra au loft, elle eut la surprise d'y découvrir son père... en compagnie de Céline qu'il embrassait fougueusement. Celle-ci, en apercevant Ninon, garda sa contenance et, se détachant rapidement de Vincent, lui tendit la main.

– Bonjour, Ninon ! Je suis heureuse de te revoir : tu es rayonnante.

Ninon se contenta d'effleurer une seconde à peine la main de Céline, la regardant à peine. Vincent, lui, essayait de noyer le poisson :

– Je ne t'ai pas entendue rentrer, ma chérie ! Comment ça va ?

– Maman a appelé, laissa-t-elle tomber.

– Ah... Et tout va bien ?

Cette fois, Ninon fit exprès de se tourner vers Céline, et la regarda droit dans les yeux :

– Elle rentre en France.

– Tu vas aller la voir à Paris, j'imagine : pas de problème...

– Je lui ai proposé de venir à Marseille : j'ai envie qu'elle voie où on habite. Elle avait l'air content. Je crois qu'elle a envie de te voir...

Vincent ne sut quoi répondre. Céline soutint le regard de Ninon : « Ne te mets pas entre ton père et moi », disaient ses yeux. Mais Ninon avait bien l'intention de faire exactement le contraire : dans sa tête, un plan commençait à s'échafauder.

Laurence | 5

Vincent n'était pas très emballé à l'idée de revoir son ex-compagne Laurence. Ou plutôt, il se sentait terriblement mal à l'aise et, pour tout dire, craignait les émotions qui pouvaient jaillir de ces retrouvailles. Car il avait l'impression d'être au milieu du gué : son histoire avec Céline gagnait en intensité, il s'agissait clairement d'autre chose que d'une aventure sans lendemain, mais il ne se sentait pas encore vraiment engagé. Quant à Laurence, sa séparation d'avec elle avait estompé le souvenir des derniers mois passés ensemble – exécrables – et, même s'il ne se voyait pas relancer son mariage, il ne parvenait pas à le considérer comme appartenant au passé. Comme souvent lorsqu'il s'agissait de femmes, Vincent désirait tout et son contraire et, au bout du compte, ne savait plus où il en était.

Ninon sentait parfaitement cela : malgré sa jeunesse, elle décryptait les travers de son père avec une incroyable lucidité. Aussi décida-t-elle de s'engouffrer dans cette faille et de travailler à l'objectif qu'elle s'était secrètement fixé : faire en sorte que ses parents revivent ensemble.

Vincent ignorait que sa fille avait déjà commencé un travail d'« intox » auprès de Laurence en prétendant qu'il regrettait son départ, qu'il déprimait – ce qui était faux, naturellement – et qu'il avait changé – ce qui était vrai. Cette stratégie permettait à Ninon de tester les dispositions de sa mère envers son père : sa mission humanitaire en Afrique l'avait aidée à relativiser les griefs qu'elle faisait à son mari, et elle n'en parlait plus en termes sévères. Elle paraissait même prendre au sérieux les discours de Ninon, « papa est malheureux, je t'assure qu'il n'est plus comme avant », etc.

Ninon avait ainsi cuisiné sa mère pour qu'elle vienne les voir à Noël.

– Tu es sûre que c'est une bonne idée ? avait demandé Laurence. Pour rien au monde, je ne voudrais que ça tourne mal avec ton père. Et si jamais il n'avait pas envie de me voir ?

– Au contraire ! Je suis sûre qu'il en a super envie, mais il n'osera jamais te le dire ! mentit Ninon.

– Je ne sais pas. Peut-être que je devrais lui en parler avant...

– Non ! Au téléphone, vous allez être complètement coincés, je parie ! Il est déprimé, je te dis : laisse-moi faire et je te promets qu'il n'y aura pas de problème !

Et Ninon avait mis son père devant le fait accompli. Les jours suivants, elle employa avec lui le même stratagème.

– Si ta mère veut venir à Marseille, je le comprends, mais ce serait peut-être mieux que je ne sois pas là, non ? s'inquiétait Vincent.

« Pour que tu te tires avec ta blondasse, songea Ninon, *no way !* »

– Mais maman sera super contente de te voir : elle me l'a dit... Elle ne t'en veut plus. T'as pas envie de faire la paix avec elle ?

– Si, bien sûr.

– Elle n'attend que ça, je te le promets !

– Et toi, qu'est-ce que tu en penses ?

– Moi, ça me ferait tellement plaisir qu'on passe Noël tous ensemble...

Ninon savait que jouer à la petite fille qui demande une faveur à son papa rendait Vincent complètement vulnérable.

– Bon, on verra. Je ne dis pas non, mais il faut quand même que je réfléchisse.

Ce que Ninon traduisit ainsi à sa mère :

– Non seulement papa est d'accord mais, pour la première fois depuis longtemps, il n'avait pas l'air malheureux ! Ça lui fera tellement de bien de te voir !

Laurence donna donc son accord de principe : elle viendrait les voir à la mi-décembre et, selon le climat, resterait plus ou moins longtemps...

Vincent subissait aussi une pression grandissante de la part de Céline : le sixième sens de cette dernière lui disait que le retour de Laurence n'était pas sans danger. Face à cette menace imminente, elle déploya donc ses charmes dans une offensive sensuelle de tous les instants. Elle savait que sa relation avec Vincent reposait, pour une part importante, sur leur entente physique ; lui-même avait avoué que son désir pour son ex-femme s'était éteint les derniers mois de leur vie commune. Elle devait donc entretenir le feu qui brûlait entre eux, surprendre son amant, le défier, répondre à ses fantasmes... Céline connaissait bien les hommes, et elle savait comment s'y prendre.

Mais sa stratégie reposait aussi sur la fragilité et la sensibilité à fleur de peau qu'elle utilisait pour garder Vincent sous son emprise. Elle n'avait d'ailleurs aucun mal à le faire : elle était amoureuse de lui et ne rêvait que d'une chose – qu'il demeure à ses côtés. Et, si elle s'était jusqu'à présent bien gardée d'être trop possessive, le retour dans l'arène de Laurence changeait considérablement la donne.

– Je serai très touchée que tu réveillonnes avec nous, dans ma famille, lui lâcha-t-elle alors qu'ils venaient de faire l'amour, la veille de l'arrivée de Laurence.

– Je ne sais pas... Ninon a envie de passer Noël avec sa mère.

– Tu t'es déjà engagé ?

– Pas vraiment...

– Alors, où est le problème ? Mes parents et ma sœur seraient ravis, je t'assure. Et ce serait l'occasion idéale pour... formaliser un peu les choses.

– Formaliser ?

– Nous n'allons tout de même pas continuer comme ça indéfiniment : se voir comme des voleurs... Je n'ai plus envie de me cacher, Vincent, je veux vivre notre histoire au grand jour !

– Je comprends...

– Parfois, j'ai l'impression que tu as honte de nous. Ça me fait mal...

– Ne dis pas ça : c'est faux !

– Je ne compte pas pour toi ?

– Mais si...

– Alors, pourquoi tu refuses ?

– Je ne refuse rien du tout ! C'est juste que... je ne veux pas aller trop vite.

– Quand il s'agit de coucher avec moi, là, tu ne te défiles pas ! Mais un repas avec ma famille, ça, ça te pose des problèmes !

– Je t'en prie, arrête... C'est ridicule...

– C'est moi qui suis ridicule ? Je me donne à toi sans calcul, je laisse faire les choses à ton idée pour ne pas te brusquer et, en retour, tu me traites comme une chienne !

– Qu'est-ce que tu racontes ? Tu n'as pas le droit de dire ça !

– Je dis ce que je pense ! Tu me dégoûtes ! Tire-toi !

Interloqué par la fulgurance et la violence du dérapage, Vincent ramassa ses affaires et se dépêcha de rentrer chez lui.

En arrivant au loft, encore ébranlé par la scène que lui avait fait subir Céline, Vincent eut la surprise supplémentaire de tomber sur... Laurence – déjà ! – qui prenait le thé avec Ninon.

– Mais... tu ne devais pas arriver demain ?

– Le plan de vol au départ de Bamako a changé au dernier moment. Plutôt que de faire une escale d'une demi-journée à Paris, je suis venue : j'en avais marre de voyager. Mais bonjour quand même !

– Oui, excuse-moi. C'est juste que je ne m'attendais pas à te voir...

Laurence et Vincent s'embrassèrent gauchement. Une seule bise, sur la joue : compromis spontané. Ninon semblait aux anges.

– C'est vrai que tu as l'air fatigué ; stressé, même, remarqua Laurence.

– Heu... oui, non, enfin, j'ai eu une journée agitée... balbutia Vincent.

– Des problèmes au travail ?

– Oui, oui, c'est ça... Et toi ? Tu es superbe...

– J'ai eu le temps de prendre une douche et de dissimuler la fatigue du voyage : ce doit être ça...

– Arrête, maman ! intervint Ninon. Papa a raison, t'es magnifique !

– Bon, je vais faire la même chose pour effacer les traces

de ma journée à moi, et après, je vous invite au resto : est-ce que ça vous dit ?

– On va sur le port ? demanda Ninon avec espoir.

– Laisse ta mère décider, plutôt !

– Je ne connais pas bien Marseille, avoua Laurence. N'importe où !

– Ninon, appelle *la Langouste qui chante* et réserve une table, tu veux bien ?

Et Vincent disparut dans la salle de bains.

– Waou ! *La Langouste* ! C'est le meilleur resto de poisson de Marseille ! Papa te fait honneur ! s'extasia Ninon.

– Pas de folies pour moi, protesta Laurence.

– Chut ! Laisse-toi faire ! Ça lui fait plaisir : je te l'avais dit...

– Alors, d'accord. Mais tu me prêtes un haut un peu sympa : je n'ai pas grand-chose dans ma valise...

La soirée au restaurant se déroula au mieux. Vincent força un peu sur la bouteille – il voulait chasser de son cerveau l'image de Céline, et surtout ce regard de folle qu'il ne lui connaissait pas. Il était aussi agréablement surpris par l'attitude de Laurence : aucune pique, aucune gêne ; elle se montrait même très attentionnée, l'interrogeant sur son travail, sur l'ambiance à Marseille, sur ses projets, apparemment soucieuse de savoir s'il était heureux dans sa nouvelle vie.

En rentrant au loft, Ninon se précipita dans sa chambre : elle était pressée de laisser ses parents en tête-à-tête et, surtout, de passer son troisième coup de fil de la soirée à Rudy. Vincent proposa de céder sa chambre à Laurence, laquelle voulait rester dans le salon, mais finit par céder devant l'insistance de son mari.

– D'accord, concéda-t-elle. De toute manière, je ne vais pas rester longtemps...

– Ça me fait plaisir que tu sois là, avoua alors Vincent.

– Moi aussi. Ninon a l'air vraiment d'être dans son élément. Tu as bien fait, même si, au départ, je pensais le contraire.

– Je n'ai pas été très adroit. Mais je suis tellement content de la voir épanouie ! Je ne pensais pas qu'elle s'adapterait si vite.

– Quand on est amoureuse, ça aide.

– Amoureuse ?

– Vincent ! Tu ne t'en es même pas rendu compte ? Mais je ne t'ai rien dit, okay ?

– Et qui est l'heureux élu ?

– Il s'appelle Rudy. J'ai vu sa photo : plutôt mignon, l'air sympa...

– Je vois qui c'est... Plutôt sympa, en effet.

– Tu as de la tisane ?

– Euh...

– Laisse tomber. C'est vrai que tu n'en bois jamais.

– Mais je peux te proposer un armagnac. Ou un vieux rhum ! Tu aimes toujours le vieux rhum ? J'en ai un fabuleux !

– Là, on change de tisane ! Va pour le vieux rhum, mais juste un pour la nuit : je commence à sentir le contrecoup du voyage.

– Un verre et je t'envoie au lit, promis !

Mais deux heures et plusieurs verres de rhum plus tard, Laurence et Vincent discutaient encore. Elle lui montra ses photos de la mission humanitaire, il étala devant elle quelques plans de ses projets. Ils n'évoquèrent pas leurs blessures, ne parlèrent jamais du passé, sauf au moment où Laurence bâilla et décréta que, cette fois-ci, elle tombait littéralement de sommeil. Avant de gagner la chambre de Vincent, elle lui demanda :

– Tout va bien pour toi ? Plusieurs fois dans la soirée, tu m'as eu l'air soucieux, absent.

– Je te l'ai dit : j'ai eu une journée difficile, rien de grave.

– Rien de personnel ?

– Non, non ! C'est le boulot, vraiment : je dois faire mes preuves, et on m'attend au tournant.

Le mensonge réussit. Laurence hocha la tête pour signifier qu'elle comprenait.

– J'ai passé une très bonne soirée, tu sais, lâcha Vincent. Ça fait du bien de voir que nous pouvons encore... Il chercha ses mots.

– ...nous entendre ? suggéra Laurence.

– Oui, c'est ça. Je regrette tellement de choses... Je pensais que tu ne me pardonnerais jamais.

– Je ne sais pas si je t'ai tout pardonné, répliqua-t-elle avec légèreté, mais je ne t'en veux plus.

– Ce serait bien que tu restes pour le réveillon, proposa Vincent.

– Ninon serait contente...

– ...et moi aussi.

– Bon, on en reparlera demain, d'accord ?

– Laurence ?

– Oui ?

– Tu... Tu vois quelqu'un, en ce moment ?

– Non. Et toi ?

– Non, non ! répondit précipitamment Vincent. De toute façon, mon cœur n'est pas libre : Ninon est la femme de ma vie, elle te le dira elle-même !

Laurence sourit à cette déclaration, puis se retira dans sa chambre. Vincent, lui, ouvrit le canapé-lit puis, avant de se coucher, ralluma son portable : Céline l'avait appelé trois fois et laissé deux messages. Il les effaça sans les écouter. Ça l'aiderait à trouver le sommeil...

Laurence avait bien raison de trouver sa fille épanouie. Ninon vivait avec Rudy une authentique histoire d'amour, la première de sa vie, découvrant la complicité à la fois sensuelle et sentimentale qui nourrit l'exaltation amoureuse. Et, cerise sur le gâteau, elle était persuadée que son plan concernant ses parents allait être prochainement couronné de succès : dès la première soirée, elle avait bien senti que leur réconciliation était en bonne voie. Et si les choses continuaient ainsi, avec l'aide de la magie de Noël, elle s'imaginait bien commencer la nouvelle année avec ses parents de nouveau réunis. *Exit* Céline !

Ninon aurait voulu partager sa joie avec Rudy, mais ce dernier ne se sentait pas tout à fait sur la même longueur d'onde. Certes, il ressentait le même bonheur que sa copine, il en était amoureux, comme il l'avait avoué à Lucas, mais, pour le reste, il n'avait pas l'esprit tranquille – loin de là.

D'abord, sa mère et sa grand-mère n'arrêtaient pas de se disputer. Après l'annulation de sa tournée en Argentine, Luna avait prolongé son séjour à Marseille et avait réussi à dégoter quelques cachets sur des tournages locaux. Rudy trouvait normal qu'elle reste même si, au bout du compte, ils n'avaient pas beaucoup de choses à se dire. Cette difficulté à établir une relation « normale » entre une mère et son fils, ajoutée aux disputes de plus en plus fréquentes entre Mirta et Luna – souvent à son sujet –, accablaient de plus en plus le garçon.

Si Ninon n'avait pas été là, il aurait été bien seul : il sentait bien qu'il ne pouvait plus vraiment compter sur Lucas. Depuis quelque temps, en effet, il trouvait son copain bizarre, fuyant, comme s'il pensait perpétuellement à autre chose. Malgré l'histoire qu'il vivait avec Ninon, Rudy faisait pourtant bien attention à garder du temps pour Lucas mais, pour une raison inexplicable, ça ne fonctionnait plus « comme avant ».

Il avait bien sûr questionné son ami, mais en vain : celui-ci prétendait être très accaparé par son film. Mais Rudy soupçonnait autre chose : une fille, sûrement... Mais pourquoi ne pas lui en parler ? Jamais il ne se serait moqué de son pote – lui-même étant amoureux – et, dans le passé, ils n'avaient jamais eu cette pudeur entre eux...

Bien sûr, Rudy avait vu juste : le cerveau de Lucas était bien hanté par une fille... mais il ne risquait pas d'avouer à son pote qu'il s'agissait de Luna, sa propre mère ! Cette dernière, naturellement, avait deviné l'attirance qu'elle exerçait sur le jeune Lucas. Pour l'instant, elle laissait faire, sans encourager ni freiner ce garçon qu'elle trouvait à la fois drôle et délicat...

Le lendemain de ses retrouvailles avec Vincent, Laurence proposa de cuisiner un repas africain pour le soir, à la grande joie de Ninon qui s'empressa de convier Rudy.

Vincent, de son côté, se rendit à la mairie où on lui apprit que Céline ne viendrait pas travailler : elle avait appelé pour dire qu'elle était souffrante. Toute la journée, il hésita sur la marche à suivre. Puis, pris de remords, il décida finalement de lui rendre visite.

Elle lui ouvrit en nuisette, comme si elle sortait du lit ; mais, loin d'avoir l'air malade et les traits défaits, elle était maquillée et coiffée, comme si elle avait deviné que Vincent finirait par venir la voir. Elle se jeta dans ses bras dès son entrée :

– Mon amour ! Je savais que tu ne me laisserais pas tomber ! Je m'en veux tellement ! J'ai eu peur que tu ne veuilles plus me voir !

Céline couvrit littéralement Vincent de baisers, qui, étouffé par de telles effusions, se détacha gentiment de sa pieuvre.

– Comment te sens-tu ? s'enquit-il.

– Maintenant que tu es ici, beaucoup mieux ! Tu m'as manqué, depuis hier...

– Écoute, c'est oublié. N'en parlons plus.

Elle se lova de nouveau contre lui.

– Tu es si gentil… Viens…

Céline entraîna Vincent vers sa chambre. Mais alors que, d'habitude, il la suivait avec enthousiasme, cette fois-ci, il se retint. Céline le regarda fixement, stupéfaite.

– Qu'est-ce qu'il y a ? Tu n'as pas envie de moi ?

– Non… Je veux dire… Si, bien sûr… Mais je crois qu'on devrait parler.

– Faisons l'amour, on parlera après…

– Et puis, je n'ai pas trop le temps : on m'attend à la maison.

– Depuis quand « on » t'empêche de me faire l'amour ? Combien de fois es-tu passé ici avant de rentrer chez toi, sans être gêné par ce genre de remords ?

– Je t'en prie, Céline, on ne va pas recommencer…

– Je veux comprendre ce qui se passe. C'est à cause de ta femme ? Elle revient, et tu te dis que ce serait bien de retenter le coup de la famille idéale ? C'est ça ? Tu veux te remettre avec elle ? Réponds-moi !

– Mais je n'en sais rien ! Elle vient d'arriver : il ne s'est rien passé… Je veux juste me comporter de manière… correcte avec elle, tant qu'elle sera là.

Correcte ! Tu lui as dit, au moins, pour nous ?

– La question ne s'est pas posée.

– Elle est toujours ta femme : ça m'étonnerait qu'elle n'ait pas cherché à savoir.

– Bon, si elle me pose la question, je lui dirai. Maintenant, il faut que j'y aille.

– Mais tu es venu faire quoi, au juste ? Te donner bonne conscience en t'assurant que je n'allais pas trop mal, avant d'aller retrouver ta femme ? Histoire d'avoir deux fers au feu ?

– Céline !

– Je ne suis pas d'accord pour être ta maîtresse, Vincent ! Je t'aime, tu comprends ? Tu veux que je te le prouve ?

Le regard de plus en plus perdu, Céline s'empara d'un grand couteau de cuisine... Vincent blêmit.

– Qu'est-ce que tu fais avec ce couteau ? Arrête ce jeu. C'est malsain et ça ne mènera à rien.

– Un jeu ? Pour toi, tout ça n'est donc qu'un jeu ? Alors on va jouer. On va voir si tu es capable de suivre !

– Céline, pose ce couteau et arrête immédiatement. Je ne joue pas. Je suis sérieux. Je ne veux pas que tu te fasses du mal. Je t'en prie...

Vincent avait parlé d'un ton grave, et ses propos ébranlèrent Céline. Des larmes inondèrent son visage.

– Vincent, Vincent... Je veux juste que tu m'aimes... Que tu restes auprès de moi...

– Je vais rester un peu, mais d'abord, donne-moi ce couteau.

Instantanément, Vincent réalisa qu'il n'aurait jamais dû prononcer ce « un peu ». Le visage de Céline se crispa de nouveau.

– Toi et ton baratin de merde ! Ça me rend folle ! Tu vas le regretter !

Et, avant que Vincent ne puisse l'en empêcher, elle s'enferma dans la salle de bains où elle recommença à sangloter. Entre ses pleurs, elle répétait qu'elle l'aimait, qu'il la laissait tomber et qu'elle allait donc « débarrasser le plancher »...

À travers la porte, Vincent essayait de la garder sous contrôle avec des mots tendres et réconfortants, tout en paniquant intérieurement : que faire pour se tirer de cette situation en étant certain que Céline n'allait pas faire une connerie ? Malgré la gravité du moment, il ne pouvait s'empêcher de penser à l'heure qui tournait. Le mieux était d'appeler Ninon et de trouver une excuse pour un retard d'une ou deux heures – plutôt deux. Mais comment parler à sa fille alors que Céline hurlait juste à côté ? Vincent savait que la situation ne tenait qu'à un fil : si elle s'apercevait qu'il passait un coup de téléphone, Dieu sait comment elle pouvait réagir !

– Céline, je t'en supplie... Je resterai ici le temps qu'il faudra, mais calme-toi... Souviens-toi de tous les bons moments qu'on a passés ensemble... Tu as envie que tout ça s'arrête ? Moi, je ne le veux pas...

Tout en parlant, Vincent sortit doucement son portable de sa veste, coupa le son du clavier et composa en silence un SMS à l'intention de Ninon.

Au moment même où il envoyait son message, le verrou de la salle de bains tourna. À la vitesse de l'éclair, il rangea son téléphone à l'instant où Céline réapparaissait. En un clin d'œil, il aperçut son couteau qui traînait par terre, et ses poignets sans trace de blessure. Il soupira.

– C'est vrai, grommela Céline, tu n'as pas envie que ça s'arrête entre nous ?

– Mais non... Tu ne dois pas te mettre dans des états pareils...

Il la prit dans ses bras.

– C'est toi qui me mets dans cet état, dit-elle.

– Il ne faut pas. Tu n'as rien à craindre. Mon histoire avec Laurence appartient au passé. Mais c'est la mère de ma fille, et c'est vraiment très important pour Ninon que ça se passe bien entre nous. Donc, c'est normal que je passe du temps auprès d'elles deux... Tu me dis souvent que la famille est une valeur importante pour toi. Je sais que tu peux comprendre.

Céline demeura un moment méditative, le regard perdu.

– Oui, je comprends, lâcha-t-elle finalement.

– Je viendrai te voir demain, promit Vincent.

– Comme tu veux. Ce n'est pas grave. Je ne t'embêterai

plus avec ça. Je veux juste que tu me promettes une chose...

– Je t'écoute.

– Je veux que tu passes le réveillon de Noël auprès de moi. C'est un moment difficile dans ma famille, et c'est très important pour moi que tu sois à mes côtés...

Vincent savait que Céline faisait référence à Julien, son frère jumeau mort à l'âge de six ans – une disparition qui continuait de la hanter. Il soupira, conscient qu'il ne pouvait pas esquiver.

– D'accord, souffla-t-il.

Céline ferma les yeux, heureuse. Elle étreignit Vincent, cette fois-ci avec douceur.

– Merci... Je ne t'embêterai plus avec ta famille. Va les retrouver, elles doivent t'attendre...

Vincent embrassa Céline et quitta l'appartement en s'efforçant de ne pas penser à sa promesse. Il savait que Ninon allait lui faire la guerre... Il trouverait bien une solution d'ici là. Même s'il ne restait plus que soixante-douze heures.

Réveillon | 6

Tandis que Laurence insérait dans la chaîne hi-fi une nouvelle cassette d'un lot ramené du Mali, Ninon explosa :

– Papa exagère ! Ça fait plus de deux heures qu'on l'attend ! Je meurs de faim, moi !

– Ton père et l'heure, ça n'a jamais été ça..., répondit Laurence.

– Je peux reprendre une bière en attendant ? tenta de son côté Rudy.

– La troisième ? C'est un peu *too much*, non ? râla Ninon.

– Ça va peut-être faire venir ton père..., protesta le garçon avec une certaine mauvaise foi.

Comme pour lui donner raison, la porte s'ouvrit alors et Vincent apparut, champagne et fleurs à la main. Rudy lança un clin d'œil à Ninon qui leva les yeux au ciel, alors que son père tendait le bouquet à Laurence.

– Je suis désolé. Pardon à tous les trois...

– Tu ne changes pas, ironisa Laurence. On ne peut pas trop compter sur toi, mais tu sais te faire pardonner…

– Je suis tombé dans un traquenard ! Ninon, tu n'as pas eu mon SMS ?

– Si, mais quand même ! Tu disais deux heures maxi, et là, ça fait presque trois !

– Le maire est très bavard : je ne savais plus comment m'en défaire !

– C'est vrai, vous étiez avec le maire de Marseille ?

Rudy était impressionné.

– Ce n'était pas prévu, mais je ne pouvais pas refuser… Tu vas chercher des flûtes à champagne, Ninon ?

Sa fille s'exécuta, et Vincent fit sauter le bouchon de la bouteille.

– C'est Noël en avance ! s'enthousiasma Rudy en recueillant les bulles dans sa flûte.

– Et comment ! confirma Vincent. Sauf qu'on ne mange pas de la dinde, si j'ai bien compris. Ça sent drôlement bon, en tout cas ! C'est quoi ?

– Un mafé d'agneau œcuménique… Je veux dire, à la manière et avec les ingrédients de différents pays africains… D'ailleurs, c'est génial : j'ai trouvé tout ce qu'il fallait, ici, précisa Laurence.

– Ça, c'est Marseille ! s'exclama Rudy.

– Et alors, le maire, il t'a proposé un gros projet ? Raconte !

Vincent, évidemment, n'avait aucune envie de s'étendre sur la question.

– Rien de sûr… Il m'a surtout mis à l'épreuve : il veut voir s'il peut compter sur moi, ce genre de choses. Et vous ? Qu'avez-vous fait en m'attendant, à part dire des horreurs sur mon compte ?

– Maman et moi, nous avons décidé…, commença Ninon.

– Surtout toi, corrigea Laurence.

– ... qu'elle restait ici pour Noël ! Comme ça, on réveillonnera tous ensemble ! Et puis, tu auras bien un peu de temps libre après, comme tout le monde ?

Comme son plan le prévoyait, Ninon bousculait son père.

– Ce n'est pas sûr du tout... Et cette histoire de temps libre, c'est à quel propos ?

– On pourrait partir tous ensemble deux ou trois jours pour visiter l'arrière-pays, ou quelque chose comme ça !

– Je ne sais pas. Ça dépend de mon travail.

– Okay, on verra, concéda Ninon. L'important, c'est Noël ! Mais je vous préviens, pour les cadeaux, je vais faire *light*...

Laurence se tourna vers Vincent.

– Il faut qu'on parle de ça, aussi. Mais pas devant Ninon, évidemment...

– Au moins, le soir du réveillon, tu finiras plus tôt, non ?

Ninon revenait à la charge.

– Euh... Oui... Je ne sais pas... J'aurai peut-être des trucs à finir en urgence...

– Oh ! Non, papa !

– Bon, on l'attaque, ce mafé ? proposa Laurence pour faire diversion.

Vincent acquiesça en silence. Dans son cerveau, l'équation impossible se posait déjà : comment être en même temps dans deux endroits différents ?

Comme elle l'avait promis, Céline laissa Vincent en paix les trois jours suivants – mais sans s'imaginer que, pendant ce temps, il se rapprochait de Laurence. Ils se croisèrent à la mairie et, comme il lui proposait de déjeuner ensemble, elle déclina l'invitation en prétextant des milliers de choses à faire en plus de son travail.

En réalité, Céline se préparait pour le réveillon de Noël comme une débutante pour son premier bal : coiffeur, esthéticienne, boutiques de mode occupèrent tout son temps libre, ainsi que la recherche d'un cadeau pour Vincent. Il fallait mettre en plein dans le mille, et elle courait les magasins à la recherche du cadeau parfait qui exprimerait au mieux l'importance qu'il avait pris dans sa vie.

Le soir du 24 décembre, Céline dressa elle-même la table pour six convives : elle-même bien sûr, Vincent, ses parents Charles et Astrid, sa sœur Juliette et... Julien, son petit frère disparu. Elle laissait toujours un couvert pour lui le soir de Noël... Juliette, qui arriva la première, ne put s'empêcher de lâcher son commentaire habituel :

– Franchement, je trouve ça morbide. Mettre un couvert ne fera pas revenir Julien ! À chaque fois, j'ai l'impression de manger avec un fantôme !

Mais Céline avait décidé de ne pas polémiquer. Pas ce soir.

Jusqu'à la dernière minute, Vincent ne sut pas trop quelle stratégie adopter. Ninon ne lui pardonnerait pas s'il se défilait – et, au fond de lui-même, il préférait passer Noël avec sa fille et sa femme plutôt qu'avec les Frémont ! Chaque instant qui le rapprochait de l'échéance renforçait sa conviction : il faisait fausse route avec Céline. Et il avait une chance de relancer son mariage avec Laurence : en quelques jours, le regard de sa femme avait changé, il le sentait. D'abord sur ses gardes, elle le regardait désormais avec douceur, une tendresse retrouvée qui le touchait. Et lui-même se sentait de plus en plus ému auprès d'elle. Il la désirait même à nouveau...

Mais Vincent craignait aussi la réaction de Céline. Elle était capable de débarquer au loft avec pertes et fracas et de faire un véritable scandale ! Cette vision lui faisait froid dans le dos. Quand elle l'appela dans l'après-midi, il tâta le terrain.

– Vincent, mon chéri, quand tu arriveras tout à l'heure, ne sois pas surpris de voir un couvert pour Julien : je fais toujours comme s'il était parmi nous à Noël.

« Génial, une soirée très gaie en perspective », songea Vincent. Et il eut encore moins envie d'honorer sa promesse.

– Ninon me harcèle pour que je passe au moins un petit moment avec elle...

– Tu la verras demain ! J'ai un déjeuner avec la famille au grand complet : vieilles tantes gâteuses, cousines idiotes et maris bien beauf, sans compter une cohorte d'insupportables gamins... Je ne t'imposerai pas ça !

« À la bonne heure », soupira-t-il intérieurement. Céline poursuivit :

– Ce soir, nous serons en petit comité. Tu connais déjà ma sœur et mon père, et ma mère, sous des dehors hautains, est facile à vivre. Ils sont tous très heureux de t'avoir parmi nous. Et moi, je suis très fière, tu sais ?

– Merci...

– Ne te fais pas de souci : demain à dix heures, je te mets dehors. Tu auras toute la journée pour fêter Noël avec ta fille et ton ex. Et puis... tu m'as promis...

« Mon “ex” est toujours ma femme », eut envie de répliquer Vincent. Mais il avait senti, dans les derniers mots de Céline, une légère nuance de menace. Il préféra raccrocher rapidement, avant que la conversation ne lui devienne insupportable.

Vincent décida de s'arrêter au *Bar du Mistral* pour boire un verre et se donner le courage de prendre une décision, quelle qu'elle soit. Roland, après l'avoir servi, le scruta en fronçant les sourcils.

– Vous, vous n'avez pas des guirlandes dans la tête, hein ?

– On peut dire ça comme ça...

– C'est grave ?

– Oui et non...

– Alors dites plutôt non : c'est Noël ! Vous avez une bonne situation, une fille ravissante... Je me trompe peut-être, mais vous n'êtes pas le plus mal loti, sauf votre respect !

– Vous avez parfaitement raison.

Vincent continua à bavarder un moment avec Roland, dont le bon sens lui remonta le moral, puis fila rapidement chez Céline : il remplirait en partie sa promesse en passant la voir, mais invoquerait d'emblée un problème familial pour ne pas rester. Devant ses parents, elle n'oserait pas faire un scandale... Au moment où il allait sonner chez elle, Ninon l'appela sur son portable.

– Papa, qu'est-ce que tu fais ? On t'attend !

– Je... J'ai oublié ton cadeau au bureau, mentit Vincent.

– Mais je m'en fous, du cadeau ! C'est toi que je veux ! Maman s'est fait une beauté, devine pour qui ? Je ne l'ai pas vue comme ça depuis des années !

– Je ne vais pas tarder.

Vincent raccrocha, les yeux remplis de larmes. Il n'avait plus la force d'affronter Céline et les Frémont, de jouer, de mentir. Il tourna les talons et courut vers sa voiture, pressé de retrouver les siens.

– Il ne viendra pas. On a assez attendu...

Charles Frémont avait le visage fermé. Visiblement, il n'appréciait guère ce Vincent dont Céline lui avait vanté les mille et une qualités. Il lui en manquait au moins une : la correction. En bon notable, Frémont considérait qu'on le bafouait à la moindre désinvolture. Alors, un lapin le soir de Noël !

– Je ne comprends pas..., balbutia Céline.

– Il a dû avoir un problème. Ça arrive, proposa Juliette.

– Pourquoi il n'appelle pas ? Son portable est coupé.

– Justement !

– Et s'il lui était arrivé quelque chose ? Je ferais mieux d'aller chez lui...

Frémont se porta à hauteur de sa fille :

– Ce n'est pas une bonne idée. Imagine qu'il soit en train de dîner joyeusement avec sa fille et sa femme. Tu m'as dit toi-même qu'il hésitait...

– Mais il m'a promis de venir !

– S'il a une excuse valable, tu ne tarderas pas à l'apprendre. Mais ne prends pas le risque d'être humiliée par quelqu'un que tu connais à peine. Il nous fait faux bond ? Soit. Mais ne cours pas après lui. Ne te rabaisse pas.

– Bon, je sers les huîtres ? demanda Astrid Frémont, que toute cette affaire ennuyait profondément.

– Nous passons à table, acquiesça son mari. Juliette, retire le couvert de notre ami Vincent, tu veux bien ?

Elle s'exécuta tandis que Céline se mordait les lèvres. « Comment tu peux me faire ça ? », demandait-elle intérieurement à son amant.

Pour l'heure, celui-ci jetait parfois un coup d'œil vers sa porte d'entrée, avec la crainte irrationnelle que Céline ne vienne défoncer la porte à la hache. Puis son angoisse se dissipa au fur et à mesure que la soirée avançait. Vincent s'abandonnait à la magie de Noël en se répétant qu'il avait fait le bon choix : Laurence était magnifique, et Ninon si joyeuse !

Plus tard, alors que Ninon partait rejoindre Rudy, il enlaça sa femme. Il ressentait pour elle un élan fusionnel : comment avait-il pu la laisser partir ? Comment avait-il pu prendre le risque de la perdre ? Laurence s'abandonna à son étreinte. Mais elle le connaissait suffisamment pour pouvoir déceler une ombre dans son regard.

– Qu'est-ce qui te préoccupe ? lui demanda-t-elle.

– Nous. Tout ce temps que nous avons gâché, par ma faute...

– Je n'ai pas envie de parler du passé. Pas ce soir.

– Reviens-moi, Laurence... Je t'aime.

Elle soupira. Vincent paraissait si sincère, si bouleversé... Elle l'embrassa. Le désir qu'ils avaient éprouvé jadis revint alors comme une lame de fond. Titubant d'émotion, ils se replièrent dans la chambre.

Rudy avait quitté Mirta et Luna complètement excédé par leurs chamailleries de la soirée. Ninon voulait bien l'accompagner à une soirée réunissant des jeunes sortis du réveillon familial : ravie de retrouver Rudy, mais surtout de laisser ses parents seuls !

– Je suis sûre qu'à l'heure qu'il est, ils sont en plein *love* ! lui confia-t-elle en chemin.

– Et chez moi, à l'heure qu'il est, Mima et ma mère doivent jouer les prolongations... Si elles peuvent s'engueuler une heure de plus, ce serait trop con de s'en priver, hein ?

– Tu n'y es pour rien... Faut pas que tu te laisses entraîner là-dedans, tenta Ninon.

– Facile à dire ! Tu parles d'un Noël...

– Allez ! Tu es avec moi maintenant !

– Tu as raison : je zappe !

Rudy suivit Ninon qui, déjà, s'engouffrait dans la boîte de nuit. À l'intérieur, ils retrouvèrent Juliette qui, souhaitant rester neutre, se garda bien de faire le moindre commentaire sur la déception qu'avait vécue Céline quelques heures plus tôt. En revanche, elle questionna Rudy à propos de son ami Lucas. Il n'était pas avec lui ?

– Je l'ai appelé pour lui proposer de venir. Mais papy était naze et préférait aller au lit... Je ne sais pas ce qu'il a en ce moment, mais c'est pas le feu !

– Dommage pour lui, laissa tomber Juliette.

Ninon et Rudy éclatèrent de rire : vu son air entendu, il était très clair que ce clown de Lucas ratait une occasion, ce soir !

À des années-lumière des moqueries de ses amis, Lucas fonçait vers le *Select*. Il était décidé à jouer son va-tout ce soir même. Il savait que la voie était libre, puisque Rudy était en boîte, et il avait appelé Luna pour lui proposer de passer avec une surprise.

– J'adore les surprises, avait-elle répondu. À condition qu'elles soient bonnes...

Lucas frappa à la porte de sa muse et, quand Luna ouvrit, il brandit une cassette vidéo d'une main et une bouteille de champagne, subtilisée à son père, de l'autre.

– Double surprise ! commenta Luna.

– Commençons par trinquer, proposa-t-il. Car il avait bien besoin de boire pour faire tomber les dernières barrières de sa timidité...

– On peut aller regarder ton film dans la chambre de Rudy, dit Luna. Il est parti en boîte.

– Et s'il revient ? Je n'ai pas trop envie qu'il le voie...

– Il dure combien de temps, ton film ? Dix, quinze minutes ? Rudy ne sera pas là avant quatre ou cinq heures du matin, alors, on a le temps de le regarder en boucle ! plaisanta-t-elle.

– D'accord. En fait, je pensais te le laisser pour que tu le regardes sans moi...

– Mais quel timide, c'est pas vrai ! Tu as peur de quoi ? Si tu veux réaliser des films, faut assumer ce que tu fais, surtout avec les actrices ! Allez, on y va !

Lucas obtempéra. Dans la chambre de Rudy, il déboucha la bouteille et faillit s'étrangler en sifflant son verre de champagne d'une seule lampée. Luna, quant à elle, s'était installée sur le lit et lui tendait la télécommande :

– Tu viens ? À toi l'honneur, maestro...

Lucas s'installa aux côtés de Luna et lança son film en soupirant intérieurement : « *Alea jacta est*, comme ils disent dans *Astérix* ! »

Il but verre sur verre tout au long du film, resservant aussi sa voisine subjuguée par ce qu'elle voyait : une sorte de poème filmé... entièrement à sa gloire ! Les autres personnages n'étaient que des faire-valoir. Quand Mélanie, par exemple, dissertait sur le machisme des Marseillais qui, pourtant, avaient autour d'eux les plus jolies femmes du pays, boum ! suivait un plan de Luna sur des vers exaltés de René Char... Tout était à l'avenant. Mais, par-delà l'énormité de la déclaration et ses maladresses indéniables, Lucas avait quelque talent pour composer ses images, et la sincérité de son travail était déconcertante. Et puis, comment ne pas être touchée par une ode à la beauté et à la grâce qui vous est dédiée ? Après la dernière image, Luna se sentait vraiment émue.

– C'est... magnifique, lâcha-t-elle alors que Lucas retenait son souffle.

– Sérieux ?

– J'ai l'air de dire le contraire de ce que je pense ?

– C'est énorme ce que tu me dis ! Tu n'imagines pas !

Dans l'enthousiasme, il l'embrassa, d'abord d'une manière fraternelle et amicale – puis il glissa vers sa bouche pour un baiser plus intime. Dans l'euphorie, Luna joua le jeu, comme on pousse parfois un peu plus loin que de coutume, puis se détacha gentiment de lui. Avec tact, elle prit sur elle, au lieu de lui reprocher son ardeur :

– Je fais n'importe quoi... Excuse-moi. Ton film m'a touchée...

– C'est pas n'importe quoi...

Et Lucas l'embrassa de plus belle.

– Tu es si extraordinaire, parvint-il à lui murmurer.

« On s'égare totalement », pensait Luna. Mais, d'un autre côté, elle prenait plaisir à la situation.

– Faut pas qu'on aille plus loin, Lucas, dit-elle faiblement alors qu'il commençait à la déshabiller.

– Non, il ne faut pas, aquiesça-t-il en déboutonnant le chemisier de Luna.

– Ça pourrait être dangereux, objecta-t-elle alors que son vêtement tombait à terre.

– Je ne suis pas quelqu'un de dangereux...

Le tee-shirt du garçon rejoignit le chemisier.

– Moi, si, dit Luna. Je ne suis pas un modèle de pureté...

Elle aida Lucas, en difficulté avec son soutien-gorge.

– Je n'aime pas la pureté, souffla-t-il.

Ses yeux s'écarquillèrent devant les seins dévoilés de la jeune femme.

– Il faut s'en méfier, convint-elle, alors qu'il versait un peu de champagne sur sa poitrine et commençait à la lécher.

– Moi qui te prenais pour un ange ! Tu caches bien ton jeu...

Elle frissonnait sous les baisers de Lucas qui dégrafa sa jupe d'un seul geste : il apprenait vite... Elle se débarrassa de ses derniers vêtements et s'empara à son tour de la bouteille de champagne pour en verser les dernières gouttes sur le corps de son amant.

– Il ne faut pas que ce soit toujours les mêmes qui en profitent, déclara-t-elle avant de commencer à son tour à laper le breuvage sur le torse de son partenaire.

Lucas ferma les yeux. Des années qu'il n'avait pas connu un aussi beau Noël...

Rudy et Ninon se séparèrent sur la place du Mistral vers quatre heures du matin. Ninon préférait rentrer directement, et si, au matin, ses parents étaient dans les dispositions qu'elle espérait, elle en profiterait pour leur demander si, à l'avenir, Rudy pouvait dormir au loft une ou deux fois par semaine. Jusqu'à présent, ils s'étaient accommodés de se voir ou chez l'un ou chez l'autre à l'insu de leur famille, mais à la longue...

– Ça m'a fait du bien de sortir ! avoua Rudy. Tu m'as enlevé mes idées noires : tu es une magicienne !

– C'est que tu n'étais pas très atteint ! se moqua gentiment Ninon.

Ils s'embrassèrent une dernière fois, puis Rudy, l'âme légère, rentra à l'hôtel en sifflotant.

En pénétrant dans sa chambre, il faillit trébucher : il alluma la lumière et découvrit, jetée par terre, une bouteille de champagne vide... alors que Lucas, affolé et hirsute, se réveillait en sursaut.

– C'est quoi, ce bordel ? commença Rudy. Puis il éclata de rire en devinant, à côté de son copain, un deuxième corps dont il ne distinguait que la chevelure.

– Okay, je vois... Je comprends que le projet de monsieur était d'aller au lit... Mais tu aurais pu me prévenir, quand même : je t'aurais dit oui, bien sûr, mais la moindre des choses, c'est de demander !

Rudy s'apprêtait à rebrousser chemin, pressé de dormir lui aussi – il aurait tout le temps de chambrer son copain le lendemain. Mais Luna émergea du lit, à moitié endormie...

– Lucas, pourquoi tu allumes ? se plaignit-elle.

Rudy étouffa un cri. Luna ouvrit grand les yeux et dessoûla en un millième de seconde.

– Et merde ! J'y crois pas, on s'est endormis !

– Maman ?

Rudy avait très envie d'être victime d'une hallucination.

Mais Lucas se chargea maladroitement de l'en dissuader.

– Euh... C'est pas vraiment ce que tu crois...

– Je trouve mon meilleur ami et ma mère à poil dans mon lit, et je suis censé croire quoi ? C'est marrant, je ne vois pas trente-six possibilités !

– Tu peux nous laisser, s'il te plaît ? intervint Luna. On en parlera demain, calmement. Là, c'est peut-être pas le meilleur moment.

– Ni demain, ni après-demain, ni le jour d'après : je ne veux plus vous voir ni vous parler !

– J'aime Luna, avança Lucas.

– Toi, tu m'oublies !

Rudy avait les traits déformés par la colère.

– Ça suffit, maintenant ! s'énerva Luna. Inutile de réveiller tout l'hôtel !

– Rudy ? Qu'est-ce qui se passe ? demanda alors Mirta, de l'autre côté de la porte.

– Non, pas ça..., murmura Luna, tandis que Lucas s'apprêtait à disparaître sous le lit.

Rudy eut un rictus de mépris destiné aux deux amants.

– T'inquiète pas, Mima ! C'est juste Lucas et ma mère qui ont tiré un coup dans mon lit !

Dans un mouvement rapide, Luna se leva pour gifler son fils. Il la toisa un dernier instant avant de claquer la porte :

– Vous me dégoûtez.

Dans le couloir, Mirta le regarda avec stupeur.

– Qu'est-ce que tu racontes ? C'est quoi, cette histoire de fous ?

– Oublie, Mima. Va te coucher. C'est rien...

– Mais qui est dans ta chambre ?

– Personne. C'est personne...

Et Rudy entraîna Mirta vers sa chambre à elle. Il avait envie de pleurer et la rage lui brûlait le ventre.

Chantage | 7

Au moment même où Rudy était dévasté par ce qu'il venait de découvrir, Céline hésitait entre la colère et le désespoir. Vincent la manipulait-il ? Avait-il une bonne raison de l'avoir ainsi laissée tomber – une raison qui s'appellerait Laurence ? Ne pas avoir de réponse la rendait folle. Complètement perdue, elle avait avoué son désarroi à son père après le repas de Noël. Il était le seul à qui elle pouvait parler : sa sœur était trop jeune et se moquait royalement de ses problèmes, et cela faisait un moment qu'elle tenait sa mère à l'écart de son intimité.

Frémont écouta sa fille avec attention et gravité, posant ici et là quelques questions sur Vincent, sur les intentions que lui prêtait Céline, sur les sentiments qu'elle éprouvait exactement pour ce garçon, bref, tout ce qui lui permettait de se faire une idée précise de la situation.

– Ça me fait du bien de te parler : je ne sais plus trop où j'en suis, conclut Céline.

– Ce Vincent m'a l'air d'un sacré numéro… Si je comprends bien, c'est le genre d'individu incapable d'assumer ses contradictions : désireux d'être utile, reconnu, estimé par le plus grand nombre, et en même temps profondément égoïste, voire lâche.

– Tu es sévère, mais je dois avouer que tu vois plutôt juste, convint la jeune femme, impressionnée par la sagacité de son père.

En réalité, Charles Frémont réfléchissait à toute vitesse : il avait flairé, derrière les déboires sentimentaux de sa fille, une ouverture intéressante. En bon prédateur, il avait toujours quelques coups d'avance sur les parties qu'il jouait, qu'il s'agisse d'argent, de femmes ou de pouvoir. Telle était sa règle de conduite. Il ne savait pas encore précisément jusqu'à quel point, mais il avait la conviction qu'il pouvait tirer avantage de Vincent. Le profil psychologique de l'architecte était des plus intéressants… Il questionna encore sa fille et, au fur et à mesure de ses réponses, un plan commençait à germer dans sa tête.

Le matin de Noël, Vincent et Laurence, eux, se réveillèrent en pleine lune de miel. Lui voulait brûler les étapes et proposa à sa femme de s'installer dans le loft tout de suite, sans même repasser par Paris.

– J'ai dispersé mes affaires à droite à gauche avant de partir en Afrique, tu le sais bien. Il faut que je retourne à Paris pour régler tout ça. Et puis…

– Et puis quoi ? Tu veux réfléchir ? Qu'on se sépare de nouveau ?

– Je n'ai pas besoin de réfléchir. C'est juste que… il y a quelque chose de bizarre. Comme si tu étais… ailleurs.

– Où veux-tu en venir ?

– Tu as quelqu'un dans ta vie, n'est-ce pas ? Si tu me réponds oui, je ne regretterai pas la nuit qui vient de passer.

– On en a déjà parlé. Il n'y a personne.

– Je ne veux pas redevenir ta femme parmi d'autres. Tu comprends ?

– Je t'aime. Toi et personne d'autre. Tu veux que je me mette à genoux ?

– Je te crois... N'en parlons plus.

Le portable de Vincent sonna : Charles Frémont. Il s'éloigna de Laurence.

– Je dois vous voir, lui annonça sans détour Frémont. Au plus vite.

– Mais... je ne peux pas. C'est Noël, aujourd'hui !

– Vous deviez le fêter avec nous hier soir. J'ai trouvé votre attitude très incorrecte.

– Je vous expliquerai.

– Je vous attends au *Bar du Mistral*. À moins que vous ne préfériez que je monte vous voir ?

– Non, non ! Je... Laissez-moi quelques minutes. J'arrive.

– J'espère bien.

Vincent raccrocha et improvisa un mensonge :

– Quel casse-pieds ! C'est l'adjoint à l'urbanisme de l'arrondissement qui m'attend au café d'à côté. Un problème d'informatique : il faut que je lui apporte un dossier qu'il a détruit par mégarde.

– Mais c'est Noël ! Personne ne travaille ! Il abuse !

– Oui, mais il doit bosser dessus aujourd'hui. Je descends cinq minutes et je reviens.

Laurence regarda Vincent, un brin sceptique. Celui-ci s'empara au hasard d'un dossier sur son bureau et enfila rapidement une veste.

– Je reviens : cinq minutes ! répéta-t-il.

Après quelques propos convenus sur l'incident de la veille, Charles Frémont alla droit au but et dit à Vincent :

– Ma fille est très affectée par votre attitude. Pas seulement à cause du dîner d'hier, mais aussi à cause de la relation extrêmement désinvolte que vous menez avec elle.

– Je ne vous permets pas de juger !

– Arrêtez votre cinéma, Vincent. Entre nous, je me fous de vos errements sentimentaux comme de ma première godasse. Simplement, je crains que vous ne soyez en train de commettre une grosse erreur...

– Où voulez-vous en venir ?

– Si j'interprète bien la situation, vous comptez renouer avec votre femme, ce qui entraîne la rupture avec Céline, n'est-ce pas ?

– Eh bien... oui.

– Votre épouse sait-elle que, jusqu'à preuve du contraire, vous êtes le petit ami de ma fille ? Sait-elle qu'il y a encore quelques jours vous couchiez avec elle ?

Vincent, outré, se leva.

– J'en ai assez entendu. Je n'aurais pas dû venir.

– Rasseyez-vous. Si vous ne voulez pas voir votre réconciliation conjugale voler en éclats, vous avez intérêt à m'écouter.

L'architecte obtempéra.

– Je me ferai un plaisir d'avoir une conversation avec votre épouse. Vous comprenez, en tant que père, il est normal que je sois soucieux de savoir si, oui ou non, ma fille doit s'estimer répudiée, en quelque sorte, ou si tout ce manège fait partie de mœurs propres à votre couple... Peut-être que votre femme et vous-même entretenez une relation très libre ? Peut-être qu'elle accepte les ménages à trois ? C'est de cela dont j'aimerais discuter avec elle. À moins que...

Cette vision donna immédiatement froid à Vincent.

– À moins que quoi ?

– Vous me transmettez une copie du futur plan local

d'urbanisme de la ville, et je vous promets de ne jamais parler à votre femme – au-delà des politesses d'usage si nous nous croisons un jour, bien entendu…

– Voler un document confidentiel ? Mais vous êtes fou ! Je refuse !

– Pour vous, ce ne serait pas si difficile : vous avez accès aux projets de la mairie avant qu'ils ne soient votés… Mais bon, je n'insisterai pas.

Frémont sortit son téléphone portable et composa un numéro en prenant soin de laisser le haut-parleur, de sorte que Vincent puisse entendre.

– Qu'est-ce que vous faites ? demanda ce dernier.

– Allô, oui ?

Il blêmit en reconnaissant la voix de Laurence.

– Bonjour, madame. Nous n'avons pas le plaisir de nous connaître mais…

– Raccrochez. C'est d'accord.

– Oui ? Qui est à l'appareil ? demanda Laurence à l'autre bout du fil.

– Oh ! Je crois que j'ai fait un mauvais numéro ! Excusez-moi, madame.

Et Frémont raccrocha.

– Quelle garantie ai-je que vous laisserez Laurence en paix ?

– Il faudra vous contenter de ma parole. Mais si vous ne me rendez pas le petit service que je vous demande aujourd'hui, je vous garantis que votre mariage repartira en chute libre. Nous le savons tous les deux, n'est-ce pas ?

Vincent soupira, accablé. En effet, cette ordure de Frémont disait vrai.

– Reste que je ne sais pas comment me procurer ce document, souffla-t-il. Je ne suis pas James Bond, vous savez.

– Je connais assez bien le fonctionnement du bureau de Picmal : moi aussi, j'ai travaillé pour lui, à l'occasion. Et j'ai un plan. Vous devez juste m'éclairer sur deux ou trois questions. Vous y arriverez sans problème, j'en suis certain.

– Allons-y : quelles sont vos questions ? demanda Vincent, pressé d'en finir.

Après avoir raccompagné Mirta dans sa chambre, Rudy était sorti de l'hôtel et avait marché comme un enragé dans le froid du petit matin, essayant en vain de se calmer. Dès qu'il essayait de penser à autre chose, l'image de Lucas et de sa mère en train de faire l'amour jaillissait dans son cerveau, et la sensation de dégoût et de honte mêlés qui le submergeait alors le faisait presque vaciller. Il songea un moment à se réfugier chez Ninon puis, très vite, balaya cette idée. Si encore elle avait été seule chez elle... mais il n'avait aucune envie de s'imposer à ses parents et de subir leur regard, voire leurs questions. Au fond, Rudy n'avait pas envie de se retrouver face à un quelconque adulte...

Mais il était quand même bien obligé de regagner le *Select* à un moment ou à un autre – même si l'idée de retrouver sa chambre, comme souillée, le révulsait par avance. Il découvrit Mirta et Luna à la réception. Sa grand-mère avait l'air effondré, et sa mère finissait de boucler un gros sac de voyage. Elle fixa Rudy d'un regard triste.

– Je vais m'installer ailleurs. Je crois que ça vaut mieux pour tout le monde... Mais j'aimerais qu'on se parle.

– J'ai rien à te dire, répliqua froidement Rudy.

– Je comprends que tu sois en colère. J'aurais réagi comme toi, à ta place...

– Sauf que moi, je n'aurais jamais couché avec un gamin ! C'est inimaginable, une chose pareille ! intervint Mirta.

– Maman, tu ne veux pas nous laisser ? Tu m'as fait la morale pendant une heure, je dégage, c'est bon, répondit Luna avec lassitude.

– Et Lucas ? Je ne comprends pas non plus, insista Mirta.

Luna leva les yeux au ciel. Elle s'approcha de Rudy pour tenter de lui parler en aparté.

– Je regrette de t'avoir giflé.

Mais Mirta avait entendu.

– Parce qu'en plus tu as frappé Rudy ? Mais tu es complètement malade, ma pauvre fille ! Faut que tu vois un psy !

– Maman, pour la dernière fois, j'essaie d'avoir une conversation avec mon fils. Tu permets ?

– Ton fils, tu l'as abandonné dans le passé, et maintenant tu le traumatises. Bravo !

Rudy non plus ne vint pas en aide à sa mère. Bien au contraire :

– Moi, je ne veux pas te parler. Je veux que tu t'en ailles. C'est tout.

Luna considéra son fils en secouant la tête avec tristesse puis, comprenant qu'elle n'obtiendrait rien de lui dans l'immédiat, elle se chargea de ses sacs et ouvrit la porte du *Select*.

– Je reste sur Marseille..., tenta-t-elle encore.

– Je m'en fous, laissa tomber Rudy.

Et Luna quitta l'hôtel. Mirta se précipita vers Rudy pour le prendre dans ses bras.

– Mon pauvre chéri ! On n'a pas mérité ça ! Qu'est-ce qu'on lui a fait, à Luna, pour qu'elle agisse comme ça ? Quelle honte ! Et dire que c'est ma fille !

Mais cette surenchère vindicative oppressait Rudy.

– Ça va, Mima... Je vais dormir un peu.

En regagnant sa chambre, Rudy vit avec bonheur que le ménage avait été fait de fond en comble. S'écroulant sur son lit aux draps propres, il ne tarda pas à succomber à sa fatigue...

Après son entrevue avec Frémont, Vincent avait décidé d'en finir au plus vite avec cet ignoble chantage. Il trouverait dès le lendemain un moyen de demander les documents à l'adjoint Picmal, qui en avait la garde, et d'en faire une copie.

Mais, de tout le reste de la journée, il ne parvint à se détacher de cette affaire. Il n'aurait donc jamais la paix ! Il avait l'impression d'avoir continuellement quelque obstacle qui surgissait au moment où il approchait si ce n'est du bonheur, au moins de la sérénité. Pourquoi les choses ne pouvaient-elles pas être simples ? D'accord, il avait été un peu léger avec Céline... Mais, après tout, cette situation n'avait rien d'extravagant. Ils étaient adultes – et combien d'histoires se désagrègent au bout de trois mois ? Des millions, à coup sûr !

– À quoi penses-tu ?

Laurence tira Vincent de son introspection.

– À rien... Tiens, et si on partait pour le Nouvel An ?

Partir. Loin. Oublier Céline, son père, et tout cet imbroglio.

– Mais partir où ?

– N'importe où !

– On n'aurait que deux jours : ça limite les possibilités.

– Je pourrais en prendre davantage. Je me débrouillerai.

– Pas moi. J'ai une réunion le 2 janvier : bilan de la mission et organisation du planning pour les trois prochains mois. Il faut vraiment que j'y sois.

– Tu ne vas pas repartir en Afrique ou je ne sais où ? demanda Vincent sur le ton d'un enfant apeuré.

– Vincent... C'est trop tôt pour parler de ça. On verra. Quoi qu'il arrive, ne t'en fais pas : ça se passera bien. Tu m'as l'air tellement inquiet !

– Ça va, ça va... Bon, pour la Saint-Sylvestre, Rome, Barcelone, Marrakech ?

– Je prospecte demain, et on décide au dîner, ça te va ?

– D'accord !

Une bonne chose de faite. Il en restait encore une autre, qui nouait l'estomac de Vincent rien que d'y penser : Céline.

Ninon Chaumette (Aurélie Vaneck)
© François Lefebvre

Vincent Chaumette
(Serge Dupire)
© François Lefebvre

Rudy Torres
(Ambroise Michel)
© François Lefebvre

Lucas (Geoffrey Sauveaux) et Johanna Marci (Dounia Coesens). © François Lefebvre

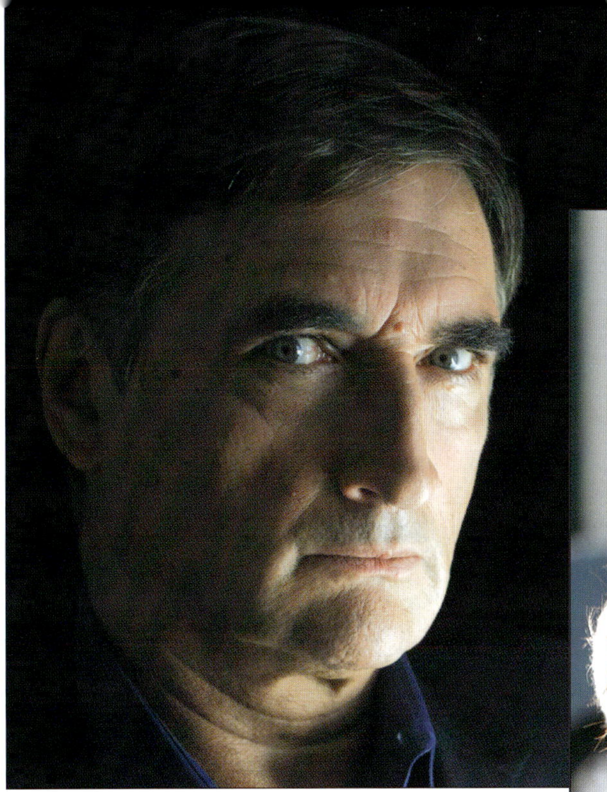

Charles Frémont (Alexandre Fabre), Juliette (Juliette Chêne) et Céline (Rebecca Hampton) © François Lefebvre

Luna Torres (Anne Décis)
et Mirta (Sylvie Flepp)
© François Lefebvre

Roland Marci (Michel Cordes) et Mélanie Rinaldi (Laetitia Milot).

François Marci (Thierry Ragueneau) © François Lefebvre

Rachel Lévy
(Colette Renard),
© François Lefebvre

Blanche Marci (Cécilia Hornus) © François Lefebvre

Malik Nasri
(Sofiane Belmouden)
© François Lefebvre

Charlotte Le Bihac
(Hélène Médigue)
© David Helman

Léo Castaldi
(Pierre Martot).
©François Lefebvre

Quant à Lucas, il attaquait le jour de Noël avec un mal de tête épouvantable et des sentiments contradictoires. C'était clair, avec Rudy, il y avait embrouille – une grosse embrouille, même. Mais il était amoureux fou de Luna, il se sentait grisé par cette exaltation nouvelle et n'avait qu'une idée en tête : la revoir au plus vite. En attendant, affronter ses parents au petit-déjeuner fut une épreuve terrible. Ils étaient gentils mais, dans l'état où lui se trouvait, ils lui paraissaient terriblement à côté de la plaque !

– Tu t'es bien amusé à ta soirée ? voulut savoir François.

Car Lucas, évidemment, avait prétendu qu'il allait à la même fête que Rudy.

– Ouais, pas mal...

– En tout cas, tu m'as l'air d'avoir un peu abusé ! Heureusement que c'est les vacances, sinon, tu ne serais pas bien frais pour tes cours !

– Maman... J'ai un peu forcé sur le champagne, okay, mais c'est Noël, je te signale !

Blanche se renfrogna. Elle n'était pas particulièrement sévère avec ses enfants – plutôt un tantinet coincée ; et, dès qu'il était question d'éducation, son habit de prof dévouée prenait le dessus sur tout le reste.

Le portable de Lucas sonna : Luna ! Il faillit renverser la table en se levant comme un dément pour courir s'enfermer dans sa chambre, sous le regard ahuri de ses parents.

– Mais qu'est-ce qu'il a ? s'interrogea François.

– Une urgence, laissa tomber Johanna sur le ton de l'évidence.

– J'avais compris, merci !

Lucas ressortit de sa chambre avec un sourire béat qui allait tout à fait de pair avec ses propos décousus et ses grands gestes fébriles.

– Bon, je dois filer !

– C'était qui ? Rudy ? s'enquit Blanche.

– M'attendez pas pour manger, éluda le garçon.

– Comment ça, tu ne viens pas déjeuner ? Ce n'est pas possible, Lucas, ça ne se fait pas ! Tu ne peux pas aller à ton... rendez-vous après le repas ?

– Non, je ne peux pas.

– Lucas !

L'appel de François resta en l'air tandis que la porte de l'appartement claquait derrière Lucas, parti en trombe.

– Là, il y a un problème...

– C'est sa copine, laissa tomber Johanna.

– Quelle copine ? Depuis quand es-tu au courant ? demanda Blanche avec précipitation.

– Je ne suis au courant de rien, mais c'est évident ! répondit la gamine.

– Johanna a raison, admit François.

Il regarda sa femme, et tous deux hochèrent la tête : oui, Lucas devait être amoureux. Et, à tout prendre, cette supposition avait le mérite de les rassurer...

Lucas retrouva Luna à l'adresse qu'elle lui avait indiquée : un cabanon prêté par un copain parti sur un tournage. Il se jeta à son cou dès qu'elle ouvrit la porte et, bien que répondant à ses baisers, elle calma ses ardeurs avec douceur.

– Lucas, attends... On doit parler...

– Tu m'en veux pour hier soir, c'est ça ?

– Non ! Tu n'as rien fait de mal. Nous n'avons rien fait de mal. C'était... très bien. Mais tu as vu comme moi les conséquences...

– Pourquoi on s'est endormis, putain ! Sans ça, personne n'aurait rien su !

– On ne va pas réécrire l'histoire. L'important, maintenant, c'est de recoller les morceaux. Rudy refuse de me parler. À toi aussi. Ça fait beaucoup de dégâts…

– Il finira par s'y faire !

– Si tu surprenais Rudy avec ta mère, tu réagirais comment, à ton avis ?

– Avec ma mère ? Je ne sais pas ! C'est impossible !

– Imagine la même chose pour Rudy.

– Je peux aller lui parler ?

– Je ne crois pas que ce soit une bonne idée. Lucas, tu es un garçon génial. Mais toi et moi, on doit s'arrêter là.

Lucas blêmit. Il sentit son cœur s'arrêter, puis se remettre à battre la chamade.

– Mais pourquoi ? Si on se voit et que personne ne le sait…

– On tiendra combien de temps comme ça ? Tu ne te rends pas compte, mais tu te mettras à dos la moitié des gens que tu connais.

– Je m'en fous. Je les emmerde.

– Tu dis ça… Je ne vais pas rester éternellement à Marseille et, quand je partirai, je ne veux pas laisser un champ de ruines derrière moi, avec toi au beau milieu.

– Tu vas partir ? Quand ?

– Je n'en sais rien. Lucas, je ne peux pas m'engager. Même si nous nous trouvions à mille kilomètres de Rudy, je ne pourrais rien te promettre…

– Je sais… Je ne te demande rien. Je pensais que toi, plus qu'aucune autre, tu pouvais vivre les choses au présent. Sans te soucier du reste. Pour moi, il s'agit de ça. Je ne comptais pas te demander en mariage : je ne suis pas complètement crétin !

Luna était touchée par ce témoignage de lucidité : Lucas était moins immature que sa candeur apparente ne le laissait supposer. Il s'approcha d'elle et l'embrassa.

– C'est comme si on se retrouvait sur une île, murmura-t-il. Demain, après-demain, l'un des deux partira : quelle importance ? Sur notre île, aucune tempête ne peut nous atteindre...

Luna ne voulait pas céder à ces pulsions romantiques, mais cet abandon lui faisait du bien.

– Lucas, je ne veux pas te faire de mal...

– Et moi, je veux qu'on se fasse du bien...

Les dernières résistances de Luna cédèrent et elle s'abandonna à Lucas. Il avait raison : demain serait un autre jour.

– Non, non ! hurla Rudy en se redressant sur son lit.

Le garçon se réveilla en sursaut : dans son cauchemar, Lucas et sa mère s'ébattaient joyeusement et le regardaient en ricanant, avant de l'inviter à se joindre à eux.

Il eut beau se rassurer en se disant qu'il ne s'agissait que d'un mauvais rêve, les souvenirs de la veille revinrent au galop. Il prit alors conscience d'une chose : il mettrait du temps à digérer ce qui s'était passé et se sentait complètement impuissant pour affronter la situation. Oublier ? Impossible. Parler avec Lucas ? Il n'en avait aucune envie – et encore moins avec sa mère. Et même avec Ninon : il savait, au fond de lui, que cette histoire risquait d'influencer leur relation tant il la vivait mal. Et puis, comment lui dire ? « Tu te rends compte, la nuit dernière, j'ai surpris mon meilleur pote et ma mère au pieu ! C'est fou, non ? Tu ne peux pas savoir comme j'ai les boules... »

Non, c'était impossible : la blessure était trop vive. La seule chose que Rudy souhaitait, c'était oublier. Il ne ralluma même pas son portable et essaya de se rendormir. Mais rien à faire : le sommeil ne venait pas, d'autant qu'on était déjà au milieu de l'après-midi.

Il se leva et se rendit à pas de loup dans la chambre de Mirta. Il fouilla dans la pharmacie et finit par trouver ce qu'il cherchait : un anxiolytique dont il avait entendu louer l'efficacité pour se calmer les nerfs. Rudy préleva quelques cachets de la boîte et retourna dans son lit. Il avala un demi-comprimé et, après un moment de réflexion, décida de prendre l'autre moitié. Ce n'était pas le moment de lésiner…

Oublier. Dormir. Voilà tout ce qu'il désirait.

Brouilles | 8

Vincent se rendit à la mairie pour y mettre en application le plan convenu la veille avec Charles Frémont : il se présenta auprès de l'adjoint Picmal, venu expédier quelques affaires urgentes, et lui demanda un avis de conformité avec le plan local d'urbanisme sur l'un des projets dont il était chargé.

– Ça ne peux pas attendre lundi ? râla Picmal.

– Nous gagnerons beaucoup de temps si j'obtiens cette information tout de suite. Si je fais fausse route, je corrigerai le tir ; si c'est bon, je travaillerai ces jours-ci sur ce projet, et vous aurez plus d'éléments pour le prochain conseil municipal. Là, ça va vous prendre un quart d'heure, maximum.

– D'accord. Je regarde ça de suite et je vous appelle.

Vincent retourna à son bureau. Il composa un numéro donné par Frémont et, à l'autre bout du fil, on décrocha.

– Allez-y, se contenta-t-il de dire avant de raccrocher.

Dix minutes plus tard, Picmal, l'air très contrarié,

traversait le bureau en trombe.

– La sécurité vient de m'appeler : on a essayé de voler ma voiture dans le parking !

– C'est incroyable ! compatit Vincent.

– On n'est plus en sécurité nulle part, maugréa l'adjoint.

À peine Picmal disparu, Vincent se précipita dans son bureau et fonça vers son ordinateur. Bingo ! L'adjoint avait tout laissé en plan. L'architecte inséra une clé USB dans la machine et commença le transfert du PLU. Alors qu'il avait pratiquement terminé, Céline apparut dans la pièce.

– Vincent ? Qu'est-ce que tu fais ?

– Heu... Rien, un truc à vérifier... Picmal est descendu au parking : un problème avec sa bagnole... Et toi, ça va ?

Le plus discrètement possible, il récupéra sa clé USB. « Le ton de ta voix sonne faux, archi-faux », se dit-il en voyant Céline le regarder bizarrement.

– Tu veux dire, est-ce que j'ai passé un bon Noël ? Oh ! Génial ! J'ai attendu mon amoureux qui m'a posé un lapin devant toute ma famille et qui ne m'a même pas rappelée pour s'expliquer. Qu'est-ce que tu en penses, toi, d'un type pareil ?

– Ce n'est pas trop le moment, là : je suis super pressé...

– C'est tout ce que tu trouves à dire ? Que tu es « super pressé » ?

– Picmal va revenir, et devant lui...

– D'accord, admit la jeune femme. Voyons-nous à midi dans un endroit tranquille.

– Ah non ! Je ne suis pas libre.

– Ce soir, alors ?

– Non, ce soir, ce n'est pas possible non plus. Désolé...

Vincent commença à battre en retraite.

– Tu es en train de me larguer, là, non ? Et tu comptes te débarrasser de moi comme ça, sans même prendre le temps de parler ?

– Non, non, non ! Ça n'a rien à voir ! Mais là, il faut vraiment que j'y aille...

Vincent voyait l'adjoint Picmal qui regagnait son bureau. Il alla à sa rencontre :

– J'ai un rendez-vous qui a été avancé. Et votre voiture ?

– L'alarme s'est déclenchée et le vigile a paniqué. Bonjour, Céline. Vous avez passé un bon Noël ?

– Pas tout à fait comme je m'y attendais.

Céline foudroya Vincent du regard. L'adjoint ne sut que répondre et revint vers l'architecte.

– J'avais presque fini avec votre dossier. Je crains qu'il n'y ait un problème : le PLU, voyez-vous, prévoit une péréquation des surfaces commerciales...

– Je m'en doutais, l'interrompit Vincent. Pas de problème : je reprendrai tout ça. Excusez-moi, mais je dois me sauver...

« Le mot est juste, mon beau salaud », songea Céline. « Mais tu ne perds rien pour attendre », ajouta-t-elle entre ses dents alors qu'il quittait le bureau d'un pas précipité.

Ninon avait décidé de passer voir Rudy au *Select*. Mirta faisait une drôle de tête mais, avec elle, on ne savait jamais trop si on tombait bien ou mal – aussi la jeune fille ne se formalisa-t-elle pas. En revanche, quand Rudy lui ouvrit la porte de sa chambre, elle eut vraiment l'impression de voir un zombie.

– Ninon... Je ne suis pas bien réveillé...

– J'avais deviné !

Rudy l'invita à entrer et, visiblement, fit un effort colossal pour activer ses neurones et mettre de l'ordre dans ses idées.

– Tu as fait quoi, hier ? demanda Ninon.

– Hier ? Pas grand-chose... J'ai glandé.

– Moi, j'ai passé une journée géniale avec mes parents. Ça ne m'était pas arrivé depuis des années. Et j'ai une grande nouvelle à t'annoncer : ils vont se remettre ensemble, je suis prête à le parier !

– Ah ouais...

L'intérêt aigu que Rudy manifestait pour cette question énerva Ninon.

– Tu pourrais au moins faire semblant de t'intéresser à ce que je te raconte ! C'est important pour moi !

– Mais je t'écoute ! Pas la peine de t'énerver...

– Il y a un problème ? T'as l'air hyper bizarre !

– Non... J'ai mal dormi, c'est tout, avec en plus une gueule de bois. En fait, j'ai un peu mal au bide, là.

– Tu veux que j'aille te chercher quelque chose ? Tu es allé voir le médecin ?

– Non, ça va passer. Demain, ça ira mieux...

– Recouchez-vous, cher malade : l'infirmière va s'occuper de vous...

Rudy obéit et Ninon vint s'allonger à ses côtés. Elle lui caressa les tempes un moment, provoquant un soulagement manifeste de son petit ami. Mais quand, tout en l'embrassant, elle passa à des caresses moins thérapeutiques, il se détacha d'elle.

– Qu'est-ce qui se passe ? Tu n'as pas envie ? demanda Ninon.

– Je ne me sens pas en forme, je te l'ai dit.

– C'est bien la première fois !

– Écoute, tu ne veux pas qu'on se voie plus tard ? Ce sera mieux...

– Tu préfères être seul, c'est ça ?

La question de Ninon, prononcée sur un ton bienveillant, résonna bizarrement dans la tête de Rudy : il se sentait déjà seul et, par une espèce de masochisme, désirait l'être davantage.

– Oui. Ne m'en veux pas...

– Fallait le dire plus tôt ! Pas de problème. Appelle-moi

quand tu auras récupéré. Mais récupéré vraiment, sinon, gare à toi ! plaisanta-t-elle.

Et Ninon laissa Rudy à sa léthargie. Elle culpabilisait un peu : et si elle s'était montrée trop collante ? Elle se promit de faire attention à l'avenir : les garçons supportent mal qu'on les cajole de trop près... C'était un fait qui ne cessait de la surprendre. Vraiment bizarres, les mecs ! Elle, si elle avait été malade, elle n'aurait eu qu'une envie : que Rudy vienne s'occuper d'elle ! D'ailleurs, elle ferait le test un de ces jours : prétendre être souffrante pour observer la réaction de son copain... À cette perspective, Ninon sourit, au demeurant persuadée que Rudy se montrerait des plus attentionnés. Mais on ne sait jamais...

On sonna à la porte du loft : Laurence ouvrit à une élégante jeune femme blonde qu'elle ne connaissait pas.

– Vous devez être Laurence, affirma la visiteuse.

– Comment me connaissez-vous ? Et qui êtes-vous ?

– Céline Frémont. Puis-je entrer ? J'ai à vous parler.

Laurence s'effaça pour la laisser passer et se tourna vers elle, bras croisés. À mieux observer la jeune femme – son sex-appeal, sa façon d'entrer dans l'appartement et de poser son sac d'un geste familier –, elle devina de quoi, ou plutôt de qui, il allait être question.

– Je vais être directe, commença en effet Céline. Je suis l'amie de Vincent.

– « L'amie » ?

– Nous sortons ensemble depuis le mois de septembre. Il ne vous a pas parlé de moi, à ce que je vois ?

– À vrai dire, Vincent ne m'a pas beaucoup parlé de son passé récent... Nous vivions séparés, depuis quelque temps.

– Je ne vous parle pas du passé, même récent, mais du présent. J'étais au courant de votre venue, et nous n'avons pas rompu : nous devions même réveillonner ensemble. D'ailleurs, nous nous sommes vus il y a encore cinq jours – je veux dire... en tête-à-tête. Enfin, vous me comprenez...

– Qu'est-ce que vous voulez ?

– Comprendre ce qui se passe. Est-ce que vous comptez remettre le couvert avec lui de temps en temps, aux grandes occasions, ou alors c'est un jeu pervers entre vous ? « Salut, chéri, ça va ? Faut que je te raconte ma virée en Afrique : les Blacks, c'est quand même de la bombe ! Et toi, ça se passe comment avec ta copine ? Tu t'éclates bien ? » Ce genre de choses.

– Sortez d'ici.

– Je ne sais pas ce que Vincent vous a promis, ou ce que vous lui avez fait espérer. Mais ne vous faites pas d'illusions sur son désir de relancer un mariage qui, de toute façon, est mort et enterré. Je tenais à vous le dire en face.

– Partez.

Céline reprit son sac et se dirigea vers la porte. Elle se retourna une dernière fois.

– Si Vincent décidait de... ne plus venir me voir du tout, dites-lui de me rendre le double de mes clés. Mais je parie qu'il ne le fera pas. Il aime bien venir faire l'amour après le travail. Il n'y a pas de raison que ça change...

Laurence claqua la porte. Elle se sentait humiliée et en colère. Et, surtout, terriblement naïve : au fond d'elle-même, elle « savait » depuis son arrivée. Son intuition le lui avait hurlé dès le premier jour. Mais elle avait préféré s'abandonner à l'illusion que les choses puissent être différentes et que Vincent ait changé... Elle s'était laissée bercer par le rêve du paradis perdu. Et, malgré la rage qu'elle ressentait envers Céline, elle devait admettre que celle-ci disait vrai sur un point : Vincent ne changerait pas. Jamais.

Lucas rentra tranquillement chez lui en fin de matinée : pour la première fois, il avait ouvertement découché. François Marci avait lâché son commentaire – « ça y est, Lucas a une copine » – et, visiblement, il se réjouissait que la chose arrive enfin.

Blanche et lui convinrent de mettre leur fils à l'aise : il était inutile, maintenant que tout était clair, de se comporter comme un voleur. Son amie serait naturellement la bienvenue à la maison, et Blanche ne put s'empêcher d'imaginer un amusant retournement de situation :

– Si ça se trouve, je l'ai eue comme élève !

– Peut-être. Mais l'important, c'est de ne pas lui mettre de pression, ajouta François.

En rentrant, Lucas avait filé droit dans sa chambre. Quand il réapparut enfin, ses parents firent montre d'une maladresse bien intentionnée, tournant autour du pot, se montrant bienveillants mais curieux – du genre « Lucas, si tu veux inviter quelqu'un à dîner ce soir, il n'y a pas de problème, évidemment » !

– Écoutez, vous me gavez avec vos questions sournoises, là !

– Il n'y a rien de sournois, protesta François. Ta mère et moi, on est un petit peu curieux... Mais c'est super, hein ? Depuis le temps que tu...

Blanche interrompit son mari avant qu'il ne s'enfonce trop profondément.

– On voulait juste te dire que tu peux inviter ton amie ici quand tu veux : elle est la bienvenue, dit-elle d'un ton maternel.

– Ça, je n'en suis pas sûr, ironisa Lucas.

– Lucas ! On n'est pas si coincés ! Si on te le dit ! Tu peux même l'inviter ce soir, si tu veux.

– Je l'ai peut-être connue en primaire ? ne put

s'empêcher de demander Blanche.

– Luna ? Ça m'étonnerait...

Trop tard. Lucas réalisa que, maintenant, il valait mieux aller jusqu'au bout.

– Luna ? Luna... J'ai eu une petite Luna, mais il y a cinq ou six ans... Ça fait beaucoup plus jeune que toi.

– Non, maman, c'est pas cette Luna-là. C'est Luna Torres.

François et Blanche se regardèrent, interdits.

– Luna ? Luna ? La mère de Rudy ?

– Oui, soupira Lucas.

– C'est quoi, cette histoire ? Tu as une aventure avec Luna, c'est ça ? insista François.

– On ne dit plus « avoir une aventure », c'est débile, comme expression ! Je vois Luna, point.

– Et... depuis longtemps ? Je veux dire, c'est sérieux ? voulut savoir Blanche.

– C'est quoi, cet interrogatoire ? Il y a deux minutes, vous en faisiez dix caisses pour m'expliquer que ma copine était la bienvenue, que la beauté de la vie était parmi nous, tout ça, et là, je sens comme une bascule !

– Non, se défendit François. Mais il y a de quoi être surpris : vous êtes si...

– Pitié, pas de sermon sur la différence d'âge, implora Lucas.

– Et comment réagit Rudy ?

– Moyen, admit le garçon.

– Lucas, dans quelle situation t'es-tu mis ? se lamenta Blanche.

– En tout cas, je m'y suis mis tout seul, okay ? Maintenant, ça me regarde. Vous n'allez pas me prendre la tête avec ça toute la journée !

Johanna entra dans la pièce à ce moment-là.

– Qu'est-ce qui se passe ? Je devine : Lucas vous a

montré un de ces films suédois super glauques qu'il adore...

– Je sors avec Luna Torres. Alors, c'est le psychodrame, expliqua son frère.

Mais l'annonce ne parut nullement choquer Johanna.

– En revenant, j'ai croisé Rudy au café. Il m'a demandé où tu étais...

Lucas se leva.

– Où tu vas ? demanda François.

– Voir Rudy. Visiblement, il me cherche.

Les deux parents se regardèrent, vaguement inquiets, alors que se refermait la porte derrière leur fils.

– Elle est mignonne, Luna. Moi aussi, si j'étais un garçon, je craquerais, philosopha Johanna.

Lucas retrouva Rudy sur la place du Mistral, devant le café de Roland. Au fond, il était soulagé d'avoir enfin une véritable confrontation avec son ami – mais l'était-il encore ? Ce dernier entra directement dans le vif du sujet.

– Te voilà ! Lucas, je voulais juste savoir un truc : pourquoi tu me fais ça ?

– Je ne fais rien contre toi. Loin de là.

– Je crois que tu ne saisis pas. Tu as des centaines de filles qui traînent partout à Marseille, et il faut que tu te tapes ma mère. Normal.

– Je ne me « tape » pas ta mère.

– Ah, pardon ! J'ai dû avoir une vision...

– Tu comprends très bien ce que je veux dire ! Entre Luna et moi...

– Je ne veux même pas entendre la suite, l'interrompit Rudy.

– ...c'est pas une histoire de cul ! termina Lucas.

– Bien sûr que non ! Vous avez eu un coup de foudre réciproque, et depuis, tu lui déclames de beaux poèmes sous sa fenêtre ! Mais tu me prends vraiment pour un con ! Moi, j'ai une version nettement moins romantique : vous étiez bourrés et vous vous êtes retrouvés au pieu, comme ça arrive des millions de fois. Sauf que c'était avec ma mère, Lucas, et dans ma chambre !

– Ça, c'était pas prévu.

– Ravi de l'entendre ! Mais ça change quoi ?

– Rudy, il faut que tu m'écoutes. Je suis amoureux de Luna.

– Je rêve...

– C'est la vérité !

– C'est ça ! Et le mariage, c'est pour bientôt ? Désolé, mais je ne te vois pas en beau-père.

– Tu refuses de comprendre. Tant pis. Ça ne m'empêchera pas de continuer à voir Luna. Quoi que tu penses, ça ne changera rien. Tu es vraiment naze...

– Tu me cherches, ou quoi ? C'est pas vrai !

– Toi, tu traites les nanas comme des Kleenex, tu ne t'es jamais imposé de limites, et maintenant, tu me fais la morale ? Je vais te dire : le problème, c'est que tu n'aimes pas ta mère, tu ne la respectes pas, tu ne supportes pas qu'elle soit une femme libre !

– Ta gueule !

– Parce que, pour toi, les femmes, il faut qu'elles soient dévouées comme ta grand-mère, ou qu'elles rampent à tes pieds comme Ninon !

C'en était trop : Rudy se jeta sur Lucas. Les deux garçons commencèrent à se battre – Lucas se défendant avec maladresse des coups adroits et rageurs portés par son copain. Roland sortit en courant de son café et s'interposa.

– Ça suffit ! Mais qu'est-ce qui vous prend ?

Roland réussit à s'emparer de Rudy et à le tenir à distance de Lucas. Ce dernier porta la main à sa lèvre supérieure qui saignait légèrement.

– Espèce d'enfoiré ! Casse-toi ! injuriait Rudy.

– Tu te calmes, maintenant ! lui cria Roland.

Lucas eut un geste accablé et battit en retraite. Mirta sortit alors de l'hôtel.

– Qu'est-ce qui se passe ? J'ai entendu des cris !

– Rudy et Lucas ont eu une explication. Et, vu les arguments, c'était pas à propos du dernier match de l'OM !

Mirta, elle, comprit de quoi il s'agissait et entraîna Rudy avec elle.

– Viens, Rudy. Ne restons pas là.

– J'aimerais bien qu'on m'explique, moi, commença Roland.

– Il n'y a rien à expliquer, laissa tomber Mirta.

Et elle entraîna Rudy au *Select*. Roland secoua la tête en signe de découragement.

– Ils tournent pas bien, ces minots, se dit-il en regagnant l'intérieur de son bar.

Après avoir livré, comme convenu, une copie du plan d'urbanisme à Charles Frémont, Vincent décida de ne pas revenir à la mairie. Il n'avait aucune envie de se confronter à Céline et, comme souvent à Noël, personne ne faisait de toute façon de zèle : les bureaux tournaient au ralenti, et son statut d'architecte lui donnait toute latitude pour gérer ses allées et venues.

Il se dit qu'il mettrait plutôt l'après-midi à profit pour organiser leur escapade, à Laurence et à lui, pour la Saint-Sylvestre : surprise garantie ! Il se rendit donc dans une agence de voyages et opta pour un séjour à Rome, dans un hôtel glamour près de la fontaine de Trevi. Leur dernier passage dans la Ville éternelle remontait à quelques années, à un moment où leur couple traversait une période particulièrement harmonieuse. Ce souvenir heureux ne pouvait qu'influencer positivement leur prochain séjour...

Vincent rentra chez lui en brandissant les billets d'avion.

– Laurence ? J'ai une petite surprise !

Mais nulle trace de Laurence. D'ailleurs, ses affaires avaient également disparu. Alors qu'un frisson d'angoisse parcourait l'échine de Vincent, Ninon sortit de sa chambre, le visage fermé, les yeux rougis.

– Maman est rentrée à Paris, lâcha-t-elle froidement.

– Quoi ?

– Elle t'a laissé une lettre, dit-elle en désignant une enveloppe sur la table basse.

– Mais qu'est-ce qui s'est passé ?

– J'ai vraiment cru que ça collerait de nouveau, entre maman et toi. Elle était vraiment prête à recommencer, tu sais... Mais une fois de plus, tu as tout gâché.

– Moi ?

Dans un geste traduisant à la fois lassitude et exaspération, Ninon leva la main pour prier son père de ne pas en rajouter. Puis elle se réfugia de nouveau dans sa chambre, en mettant fort de la musique pour bien lui signifier que ce n'était vraiment pas la peine d'essayer de lui parler. Vincent décacheta l'enveloppe et, les larmes aux yeux, lut un mot assez bref :

« Vincent,

Une fois de plus, tu m'as menti. Que tu aies connu d'autres femmes pendant notre séparation, je pouvais l'admettre, mais pas que tu me mentes sur ta supposée disponibilité. Tu as joué le retour de flamme, j'ai failli, j'ai voulu y croire... Si je ne peux pas te faire confiance, je préfère tourner la page. Je ne veux pas me sentir de nouveau trahie ou, pire, humiliée,

Laurence.

P.S. : mes félicitations pour ton amie. Très sexy. Mais

j'ignorais que tu aimais aussi une pointe de vulgarité, comme on dit... »

Après la tristesse, c'est une colère torrentielle qui submergea Vincent : Céline ! Cette salope avait tout détruit ! Elle ne lui avait même pas laissé une chance de s'expliquer, de tout arranger, en douceur... Il fit de la lettre une boule qu'il envoya voler et quitta le loft en claquant la porte.

Céline s'attendait à la visite de Vincent et ne fut donc pas surprise de l'entendre tambouriner à sa porte. Elle lui ouvrit.

– Pourquoi es-tu allée voir Laurence ? Tu n'avais pas à la mêler à ça !

– Par « ça », tu veux dire « nous », j'imagine ?

– Ce que tu as fait est dégueulasse. Je ne te le pardonnerai jamais ! C'est ça que je suis venu te dire. Tu es complètement égocentrique – pire, perverse !

– Dans certaines circonstances, ça t'excitait plutôt...

– J'ai commis une terrible erreur. Jamais je n'aurais dû aller avec toi. Ne cherche même pas à m'adresser la parole : pour moi, tu n'es plus qu'un mauvais souvenir !

– Tu es en colère, mais tu me reviendras, et tu me remercieras d'avoir sauvé notre histoire...

– Et complètement folle, en plus ! J'en ai assez entendu : je me tire.

– À bientôt, Vincent.

Céline croyait sincèrement à ce qu'elle venait de dire : pauvre Vincent, il réagissait comme un enfant, parfois ! Il n'avait pas compris que leur amour était inscrit dans le cours inéluctable des choses... Elle, elle saurait se montrer patiente : le temps jouait en sa faveur.

Rudy se décida à appeler Ninon car, enfin, il avait envie

de la voir. Il avait besoin de lui parler, besoin d'entendre quelqu'un de proche lui dire qu'il avait raison de réagir ainsi – et, accessoirement, besoin de crever le double abcès que Lucas avait fait naître dans sa tête : il voulait entendre de la bouche de Ninon qu'il était un type bien et qu'elle, de son côté, ne se sentait pas soumise à lui...

Elle accourut auprès de lui toutes affaires cessantes. Nulle soumission dans ce comportement, mais elle aussi avait hâte de parler à quelqu'un, après la dernière rupture intervenue entre ses parents.

– Je suis content de te voir, soupira Rudy en lui ouvrant la porte.

– Moi aussi... Je suis super mal : ma mère est repartie à Paris !

Et Ninon s'épancha dans une interminable logorrhée, parlant à n'en plus finir de ses espérances déçues, de la tristesse qui devait accabler Laurence et, surtout, des multiples tourments et méandres qui caractérisaient sa relation avec son père depuis l'enfance, et des tout aussi nombreuses spéculations psychanalytiques qu'entraînait une telle histoire familiale. Rudy ignorait qu'une jeune fille est intarissable quand elle décide d'ouvrir le dossier intitulé « mon père et moi » et, d'abord désarçonné, il sombra progressivement dans une exaspération contenue. Lui aussi, il avait ses problèmes, et elle ne lui laissait pas en placer une ! Papa par-ci, papa par-là... Elle commençait sérieusement à le fatiguer !

– Tu ne crois pas que c'est, au fond, le vrai problème ?

Rudy n'avait pas la moindre idée du problème auquel Ninon faisait allusion : il avait décroché depuis un bon moment. Son amie s'en aperçut.

– C'est bon, te fatigue pas à répondre... Tu n'écoutes même pas ce que je te dis.

– Je ne fais que ça depuis des heures !

– Si ça ne t'intéresse pas, tu me le dis !

– Ça m'intéresse ! Mais là, tu ne fais que parler de toi, de ton père…

– Pour moi, ce qui s'est passé aujourd'hui, c'est super grave. Mais tu ne t'en rends pas compte.

Ninon se leva et ramassa son sac.

– Attends ! protesta Rudy. Ne pars pas comme ça !

– Excuse-moi de t'avoir dérangé.

Elle referma la porte derrière elle, et Rudy ne se sentit pas la force de lui courir après. Il tourna en rond un moment dans sa chambre, comme un lion dans une cage. Il lui fallait à tout prix se changer les idées ! Il avait furieusement besoin de se mettre la tête à l'envers – une bonne fête, voilà ce qu'il lui fallait… Il décrocha son portable et appela à droite à gauche, demandant qui faisait quoi ce soir et écourtant la conversation dès que la réponse ne lui plaisait pas. Au cinquième coup de fil, son visage s'illumina.

La fête était géniale : de la vraie bombe ! Une certaine Gaëlle, que Rudy connaissait de vue, fêtait son anniversaire chez son copain, un DJ rasta coolissime qui avait attiré dans son antre un bataillon de filles plus mignonnes les unes que les autres. Rudy s'était invité avec un copain sans difficulté et ne savait plus où donner de la tête. Luna, Mirta, Lucas et même Ninon lui semblaient loin, très loin… Il ressentait une énergie, une chaleur qui irradiait à travers tout son corps, et il communiquait avec les autres comme ça ne lui était pas arrivé depuis des lustres. Tout le monde souriait et, porté par la musique qu'il sentait littéralement onduler dans ses muscles, Rudy se laissait porter par une vague d'amour universel. Ses pensées fusaient vers le ciel pour retomber comme des copeaux d'étoiles sur le visage lumineux des autres fêtards. Il se sentait offert à une infinité de communions intenses. Un simple regard déclenchait un échange de sensations et d'affinités.

Moins d'une heure plus tôt, Rudy avait gobé un cachet d'ecstasy.

C'était la première fois qu'il essayait ce truc. Et il ne regrettait pas : quel kif ! Bien sûr, il ne fallait pas oublier de boire beaucoup d'eau, avait insisté celui qui lui avait refourgué la drogue – et c'est vrai que Rudy se sentait déshydraté...

Une fille, dont il avait déjà remarqué le délicieux nombril et le tatouage qui l'entourait, un serpent, lui tendit avec complicité une bouteille d'eau. Il se désaltéra et engagea la conversation avec la demoiselle qui lui fit remarquer qu'il avait le sourire d'un prince.

– Un prince comment ? voulut-il savoir.

– Un prince... charmeur, s'amusa la fille.

La réplique plut beaucoup à Rudy. Surtout quand, dans la foulée, la fille l'embrassa avec le plus grand naturel. Un baiser joyeux et à la fois très sensuel... Rudy le lui rendit : cette fille était géniale ! Vraiment, il avait eu l'idée du siècle en venant à cette fête ! Il sourit encore plus, si c'était encore possible, et, toujours fasciné par le serpent qui dansait sur le ventre de sa partenaire, il prit celle-ci par la main et l'entraîna vers un endroit plus tranquille.

La dérive de Rudy | 9

Rudy s'éveilla dans un lieu parfaitement inconnu. Il cligna des yeux et identifia, sur une grande tenture mexicaine, un serpent qui semblait le narguer. La vision du reptile raviva sa mémoire : il se souvint d'un autre serpent tatoué sur une peau qu'il avait embrassée avec délectation, puis... Puis un autre souvenir, aussi précis qu'angoissant, le submergea : il se revit en train de faire l'amour – ou plutôt, juste avant. Il n'avait pas mis de préservatif. L'image était claire, implacable. Son cœur s'accéléra quand une autre information s'imposa à lui dans la foulée de ce souvenir : sa partenaire, de toute évidence, était du genre facile. Circonstance aggravante...

– Ça va ? Pas de mauvaise descente ? lui demanda une voix à côté de lui.

Rudy se retourna. La fille au serpent, tout sourire, lui proposait un bol de thé fumant. Il refusa d'un grognement et se redressa. Il ne savait pas comment aborder la question. Donc, autant y aller franco.

– On a fait l'amour sans protection.

– Tu es du genre romantique, le matin. Tu connais le mot « bonjour » ?

– Je n'ai pas la tête aux politesses. On a fait une connerie.

– Oui, d'accord. Et maintenant ? C'est fait, c'est fait. Et je ne sais pas si tu t'en souviens, mais c'était vraiment très bien !

L'évocation de ce plaisir acheva d'écœurer Rudy. Il n'avait qu'une hâte : partir d'ici. Il se leva et se rhabilla rapidement sans dire un mot. La fille soupira :

– Je ne te demande pas si on se revoit...

– Ce n'est pas de ta faute.

– Un peu quand même, peut-être...

Rudy était déjà à la porte.

– Au revoir, prince charmeur. Tu ne t'en souviens plus, mais mon nom est Sonia...

– Salut, Sonia.

Rudy sortit dans la rue. Il se sentait à la fois épuisé et très déprimé. Il tourna un moment dans le quartier avant de retrouver son scooter et rentra au Mistral en se maudissant.

Les jours suivants, Rudy évita soigneusement Ninon – ça tombait bien, ils étaient fâchés. D'ailleurs, songeait-il amèrement, il était fâché avec tout le monde : sa mère, son meilleur pote, sa copine... Avec Mirta, ça n'allait pas non plus tarder s'il continuait à se montrer aussi infect avec elle. Mais il ne supportait plus ses démonstrations d'affection et ses récriminations constantes contre Luna. Ça devenait une litanie obsessionnelle, surtout quand elle spéculait sur l'enfer auquel il avait échappé :

– Dire que tu as failli partir avec elle en Argentine ! Dieu seul sait dans quel état tu serais revenu !

– Arrête, Mima. Et si, et si... Je suis toujours là, et je n'ai plus envie d'en parler !

– Tout de même, quelle histoire ! Et moi qui croyais qu'elle avait changé ! Je la vois encore me dire que...

Et Mirta repartait pour un tour.

Rudy n'avait qu'une envie : sortir des sables mouvants dans lesquels il se sentait enlisé, et retrouver la paix et la légèreté qu'il ressentait il y a encore quelques jours – un siècle, aurait-on pu dire !

Le 31 décembre, Ninon, l'air contrit, vint le voir.

– Je suis désolée pour l'autre fois. J'ai appris ce qui s'était passé avec Lucas...

– Les nouvelles vont vite !

– Lucas veut partir de chez lui pour... pour vivre avec Luna. Ses parents ne sont pas d'accord, mais il a l'air décidé. Je comprends ce que tu as ressenti : je ne t'ai pas écouté et j'ai été égoïste. Pardon.

Rudy fut touché par la sincérité de Ninon. Au fond de lui-même, il brûlait de retrouver des relations normales avec ses proches – au moins avec elle ! Il la serra dans ses bras.

– C'est pas grave, murmura-t-il. Tu étais mal, et moi aussi. Dans ces cas-là, c'est pas évident de se parler.

– Je ne réagirai plus jamais comme ça, je te le promets.

– Tes parents, c'est toujours le même plan ?

– Ma mère a décidé de demander le divorce. Mon père ne s'y oppose pas, mais il est complètement largué... Au moins, il a plaqué cette pétasse de Céline.

– Et ce soir, tu fais quoi ?

– Je suis partante pour la fête dont tu m'avais parlé.

– Je viens te chercher à neuf heures. D'accord ?

– Génial !

– Mais maintenant, il faut que j'aille aider Mima à faire un truc...

– Pas de problème : je me sauve !

Rudy mentait. Mais il avait vaguement peur de prolonger la conversation avec Ninon. Il ressentait le besoin de lui avouer son incartade tout en craignant sa réaction : il choisit donc de gagner du temps pour y voir plus clair.

– Tu m'as manqué, tu sais, lui dit Ninon en prenant congé.

– Toi aussi, tu m'as manqué.

Rudy lui avait répondu mécaniquement. Il revit Sonia, son serpent et ses râles de plaisir et, pour chasser ces souvenirs, ferma sa porte à clé à peine Ninon partie. Il fallait qu'il fasse le ménage dans sa tête. De toute urgence.

Tandis que Mirta devisait avec sa vieille amie Rachel, pensionnaire du *Select* depuis de nombreuses années, Charles Frémont se présenta à la réception de l'hôtel. Après avoir fait assaut d'amabilités auprès de ces dames, il formula une proposition étonnante.

– Comme vous le savez, expliqua-t-il à Mirta, je dirige une société de réhabilitation, et je dois avouer que nous avons quelques projets pour le Mistral.

– Je n'en ai pas entendu parler.

– Ce n'est pas encore officiel. Mais vous conviendrez qu'il y a un énorme potentiel dans ce quartier.

– Moi, je le trouve très bien tel qu'il est, intervint Rachel qui, de par ses convictions communistes, se méfiait par nature des entrepreneurs. Mais Frémont l'ignora.

– En tout cas, je suis venu vous annoncer que vous pourriez envisager la nouvelle année comme une année faste.

– Je ne comprends pas.

– Votre hôtel nous intéresse : nous sommes prêts à vous faire une offre.

– Mais il n'est pas à vendre !

– Je sais. Mais réfléchissez bien. C'est un établissement charmant, certes, mais l'immeuble est vétuste et vous n'êtes pas à l'abri d'un accident. Sans compter les charges d'entretien qui sont toujours exorbitantes !

– À qui le dites-vous ! convint Mirta.

– Vendre vous permettrait d'envisager une retraite confortable, ou bien de vous lancer dans un projet moins… aléatoire qu'un petit hôtel de quartier à la clientèle modeste.

– Qu'est-ce que vous avez contre la clientèle modeste ? s'insurgea Rachel.

– Ma clientèle, c'est un peu ma famille, renchérit Mirta. Si je vendais, que compteriez-vous faire de l'hôtel ?

– Pour être franc, il y aurait une profonde rénovation. Et un changement d'activité : des bureaux dans les étages et une enseigne commerciale au rez-de-chaussée, *a priori* haut de gamme…

– Et les clients modestes, à la rue ! clama Rachel.

– Je ne mettrai jamais mes pensionnaires en danger, dit Mirta. Mon hôtel fonctionne « modestement », c'est certain. Mais le profit à tout prix n'a jamais été mon but quand je me suis lancée. J'aime cet endroit, les gens qui y viennent, la vie que j'y mène… Désolée, monsieur Frémont, mais je ne vendrai pas le *Select*.

– Si je comprends bien, c'est votre dernier mot.

– Absolument. Je ne changerai pas d'avis.

– Dommage… Vous laissez passer une chance. Je vous souhaite une bonne fin d'année, mesdames. Vous la fêterez à l'hôtel ?

– Non, en face, chez Roland : soirée privée au *Bar du Mistral* ! répondit Rachel.

– Eh bien, bonne soirée, et au revoir.

Et Charles Frémont disparut sans laisser transparaître la moindre expression.

– Faut reconnaître qu'il a des manières, commenta Mirta.

– C'est un renard. Il vient du Mistral, il est né dans le ruisseau : c'est un parvenu !

– Tu connais sa vie, dis donc !

– Je te la raconterai peut-être un de ces jours. Mais là, on va être en retard chez le coiffeur !

– J'avais oublié ! On fonce !

La visite de Frémont, évidemment, ne devait rien au hasard. En étudiant le projet d'urbanisme de la mairie de Marseille, le notable avait constaté que le quartier du Mistral allait bientôt connaître un vaste plan de rénovation : des milliers de mètres carrés de bureaux allaient être autorisés à la construction, et les premiers arrivés seraient les mieux servis. Il y avait donc matière à investir dans des biens immobiliers dont la valeur allait, dans les prochains mois, grimper en flèche.

Dommage que Mirta Torres ait refusé son offre. Il allait donc passer au plan B…

Pour chacun des habitants du quartier du Mistral, le réveillon de la Saint-Sylvestre se déroula de manière fort différente. Mais il joua, dans tous les cas, son rôle symbolique de changement d'ère… au-delà de toute attente.

Lucas et Luna, par exemple, se rendirent à un dîner organisé par des comédiens amis de la jeune femme, en compagnie d'autres gens du spectacle. Pendant tout le repas, il ne fut question que des heures de travail que les intermittents avaient du mal à obtenir pour maintenir leurs indemnités de chômage, puis des incompétences supposées de certains acteurs et des bons plans qu'on leur offrait injustement, et, enfin, des mille et une coucheries qui nourrissaient autant de ragots dont tout le monde rigolait, même s'ils étaient eux-mêmes concernés.

– Quelle est la première chose que fait une intermittente après avoir fait l'amour ? demanda en gloussant une comédienne à Lucas.

– …

– Elle va chercher son mec à l'aéroport !

« Super drôle… », jugea Lucas.

Déjà, il s'était profondément ennuyé quand la conversation avait piétiné sur des sujets supposés sérieux ; mais là, il avait du mal à trouver amusant ce déballage de potins sur les frasques sexuelles des copains… Et, surtout, ça ne le rassurait pas trop de voir Luna plongée comme un poisson dans l'eau dans cette ambiance, participant activement au forum en cours et l'ignorant, lui – en tout cas, beaucoup trop à son goût.

Lucas se sentit subitement déprimé. Il comptait profiter de l'élan romantique des douze coups de minuit pour proposer à Luna d'habiter ensemble. Si elle acceptait, combien de fois allait-il devoir supporter tous ces nazes ? Tout à coup, les choses lui apparaissaient plus compliquées qu'il ne l'avait supposé. Et, en la voyant batifoler avec ses copains, dont certains devaient être des anciens amants, il décréta qu'il avait eu sa dose.

– Ça ne te dirait pas qu'on aille écouter les douze coups de minuit dans un endroit plus tranquille ?

Pourquoi ? On est bien ici ! Je n'ai pas envie d'aller ailleurs !

– Tu as l'air de t'amuser, c'est sûr.

– Allez, fais pas ta tête d'enfant capricieux ! *Keep cool, baby !* conclut-elle avant de se lever pour aller danser avec un théâtreux insupportable.

Et Lucas décida de prendre son mal en patience…

Vincent, lui, passa le début de la soirée avec Ninon dans une ambiance morose. Sa fille ne se montra ni agressive ni rancunière, même si elle le tenait pour responsable du départ de Laurence. Car elle voyait que Vincent souffrait et, malgré tout, faisait des efforts pour le réconforter.

– Tu ne vas pas passer les douze coups de minuit devant la télé, tout de même ! Tu pourrais aller faire un tour : avec le temps qu'il fait, je parie qu'il y aura plein d'endroits avec une ambiance sympa.

– Je préfère rester devant un bon film. Je vais regarder *Gladiator* : ça me changera les idées.

– Si tu veux, avec Rudy, on peut rester un moment. On n'est pas à une heure près.

– Au bout de cinq minutes, je vous mets dehors ! Ne gâchez pas votre temps avec les vieux !

– T'es pas vieux, papa ! Tu es même parfois très, très jeune..., se moqua gentiment Ninon.

Quand Rudy vint la chercher, elle essaya de ralentir un peu le mouvement, histoire de tenir un peu compagnie à Vincent. Mais son père tint parole et leur ordonna de filer à leur fête : il avait hâte, dit-il, de se plonger dans le combat solitaire de *Gladiator*. Mais une fois seul, il inséra un tout autre DVD dans le lecteur, pour une séance volontairement masochiste : *Liaison fatale*...

Alors que Ninon faisait assaut de tendresse et de sollicitude envers Rudy, ce dernier ne parvenait pas à se sentir apaisé. Sa raison lui conseillait fortement de ne rien dire à son amie ; mais, pour autant, il ne parvenait pas à avoir un comportement normal avec elle. Elle finit par s'en rendre compte.

– Qu'est-ce que tu as ? finit-elle par demander sur un ton à la fois triste et agacé. Tu es distant depuis tout à l'heure. Dès que je m'approche de toi, tu trouves un prétexte pour aller à l'autre bout de la pièce.

– Ah bon ? Je ne le fais pas exprès. Excuse-moi.

– Il y a un problème ? Quelque chose qui t'inquiète ?

– Non, non, tout va bien ! Enfin... presque.

– Pourquoi « presque » ?

– Euh... Je ne sais pas trop comment t'expliquer...

– Comme ça te vient.

– J'ai fait comme qui dirait une connerie...

– Grave ?

– Oui et non...

Rudy n'avait pas vraiment l'intention de préciser à Ninon que non seulement il avait couché avec une autre mais que, cerise sur le gâteau, il l'avait fait sans protection !

– Commence par le non...

– Je n'étais pas dans mon état normal, et ça ne se reproduira plus, ça, c'est clair.

– Et le oui ?

– J'ai... passé la nuit avec une fille.

– Quand ? demanda Ninon d'une voix blanche.

– Le jour où on s'est engueulés. J'étais super mal, je suis allé à une teuf, je me suis un peu mis la tête à l'envers – enfin, un peu beaucoup... et voilà. C'était n'importe quoi, ça ne compte pas.

– Pour toi.

– Je te jure, Ninon, que c'était une connerie de passage. Le lendemain, j'avais oublié qui...

– Tu as mis une capote, au moins ?

La question déstabilisa Rudy : il s'attendait à tout, sauf à ça.

– Eh bien...

– La totale, laissa tomber Ninon.

– Je te l'ai dit : j'étais complètement déchiré...

– On ne s'est pas engueulés, Rudy. C'était juste une petite embrouille qui se serait réglée le lendemain. Mais toi, tu ne trouves rien de mieux à faire que d'aller baiser avec la première venue. Et sans te protéger ! C'est tellement plus *fun*, bien sûr...

– Je regrette vraiment. Sincèrement.

– Je n'ai pas envie de discuter. Je vais rentrer. Mais une chose est sûre : tu dois aller te faire dépister, et ta copine aussi.

– C'est pas ma copine !

– Tu dois la convaincre de le faire, et à moi, tu dois me le promettre. Si tu ne veux pas y aller seul, je t'accompagnerai, mais je ne te lâcherai pas là-dessus.

– Oui, j'irai, je te le promets. Tu me pardonnes, hein ? demanda Rudy comme si c'était gagné.

– Tu plaisantes ? Je trouve ça lamentable.

– Mais enfin, je t'aime !

– Peut-être, mais c'est pas si simple, Rudy. Désolée, mais là, je suis dégoûtée...

Juliette fit irruption dans la fête et se rendit illico auprès d'eux.

– Salut les amoureux ! lança-t-elle.

– Salut, Juliette, lui répondit tristement Rudy.

– Eh bien, t'en tires une tronche !

– Je vais boire un coup, prétexta-t-il pour s'esquiver.

– C'est pas mon business, mais je sens un problème entre vous, dit alors Juliette à Ninon.

– C'est juste.

– Viens, tu vas me raconter : faut pas garder ça sur le cœur.

Et Juliette entraîna Ninon dans une pièce sans musique. Celle-ci ne tarda pas à se confier à sa copine. De son côté, en se servant un verre de punch, et alors que son cerveau spéculait sur toutes les suites possibles de son histoire avec Ninon, Rudy aperçut le revendeur d'ecstasy rencontré lors de la fameuse soirée. Impulsivement, il l'aborda.

– Salut, toi ! lui lança le dealer. Bonne année, hein ! Ah non, c'est vrai, pas encore ! Il manque encore une demi-heure !

– Tu as des pastilles ? demanda Rudy tout de go.

– J'ai des smiley et des mitsu. Tu veux quoi ?

– Donne-moi une de chaque.

– Les deux d'un coup ? Tu vas décoller trop fort ! Garde un cachet pour plus tard.

– C'est bon, envoie ! lui répondit Rudy.

Trop survolté pour écouter quelque conseil que ce soit, il avala les deux pilules aussitôt la transaction passée.

La montée de la drogue fut fulgurante. Quand retentirent les douze coups de minuit, alors que tout le monde se souhaitait la bonne année, Rudy était déjà complètement parti en vrille. Il vint vers Ninon et l'embrassa avec une expression de bonheur béat et, le plus naturellement du monde, fit de même avec Juliette.

Ninon le regarda, abasourdie, tandis que lui, histoire de ne pas s'arrêter en si bon chemin, embrassait avec de grandes démonstrations d'affection tous ceux qui l'entouraient.

– Je ne l'ai jamais vu comme ça. Il ne réalise pas..., dit-elle tristement à Juliette.

– Je ne sais pas ce qu'il a pris... mais ça lui fait de l'effet.

Ces derniers mots résonnèrent dans l'esprit de Ninon. Elle observa encore un moment Rudy papillonner d'un air extatique puis, secouant la tête, totalement accablée, elle quitta la fête discrètement.

À peu près au même moment, on sablait le champagne au *Bar du Mistral* dans une ambiance mi-figue, mi-raisin. Le dîner réunissant Mirta, les Marci – sauf Lucas, évidemment –, Rachel et un vieil ami de Roland, Léo Castaldi, pensionnaire du *Select* et policier, s'était déroulé avec la promesse initiale de ne pas finir l'année sur une note triste. Roland y avait mis du cœur, préparant une bouillabaisse généreuse et veillant à ce que chacun se sente en famille. Mais la famille de chacun, précisément, avait occupé toutes les conversations, et, compte tenu des récents événements, plutôt sur le mode des lamentations.

Roland avait fini par taper du poing sur la table, fatigué d'entendre parler des absents, et exigé qu'on trinque avec un minimum d'optimisme, ce à quoi chacun se prêta en faisant preuve de bonne volonté. Surtout, le patron du café, un peu éméché, s'était décidé à frapper un grand coup en concluant ainsi son toast en l'honneur des uns et des autres :

– ...et je souhaite une année ensoleillée à la plus rayonnante des femmes, ma Mirta adorée...

– Roland ! protesta Mirta. On était d'accord pour ne rien dire !

– Je suis fier de toi, et je veux que ça se sache, répondit Roland, solennel.

– Tu sais, Mirta, de toute façon, tout le Mistral est au courant...

– Quoi ? Mirta était interloquée.

Autour d'elle, les Marci et Léo confirmèrent silencieusement les propos de Rachel. Passé le premier moment de surprise, Mirta commença à rire, un rire qui devint bientôt général.

– Et dire que ça fait des mois qu'on se cache ! soupira Roland.

– Rien qu'à vous regarder, c'était pas bien difficile de le savoir, commenta Léo.

– Je vais chercher mon appareil photo, dit Rachel.

Elle fonça donc vers le *Select*, traversa le hall d'entrée où l'on pouvait lire « en cas d'urgence, frapper au *Bar du Mistral* » puis s'arrêta, intriguée par des bruits étouffés en provenance du sous-sol. En revenant dans le café, elle fit part à tous de son étonnement :

– C'est bizarre, j'ai l'impression que quelqu'un trafique

quelque chose dans la cave de l'hôtel...

Léo se leva, guidé par son instinct de flic.

– Je vais jeter un coup d'œil.

Le policier pénétra dans l'hôtel et, comme Rachel, entendit les bruits suspects. Surtout, il sentit immédiatement une odeur de brûlé. Il ouvrit la porte de la cave : de la fumée s'échappa et envahit la réception ! Il décrocha un extincteur, dévala l'escalier du sous-sol... et se retrouva nez à nez avec un inconnu qui s'apprêtait à le remonter. Le type fonça sur Léo pour passer en force, mais le policier l'arrêta net d'un coup d'extincteur dans la poitrine. L'autre tomba, le souffle coupé, alors que Roland apparaissait en haut de l'escalier.

– C'est quoi, ce bordel ?

– Éteins le feu avant qu'il ne se propage !

Roland s'empara de l'extincteur et aspergea les flammes qui consumaient un tas de cartons vides, tandis que Léo passait ses menottes à celui que tout désignait comme l'incendiaire.

– T'es qui, toi ? Pourquoi t'as fait ça ? le questionna-t-il.

– Je t'encule, se borna à répondre élégamment le voyou.

Léo remonta son prisonnier à la réception et l'assit de force dans un fauteuil.

– Tu bouges, et c'est un début de bavure ! prévint-il.

Puis il appela le commissariat.

Infiltration | 10

La nouvelle année qui commençait n'allait pas démentir les turbulences des derniers mois passés. Bien au contraire, elle les amplifia.

En regagnant le *Select* après sa soirée de Nouvel An, Rudy fut stupéfait de découvrir que l'hôtel avait été victime d'une tentative d'incendie. Mais il se sentait trop décalé, trop défait par la drogue pour saisir vraiment la situation.

Le lendemain, il se sentit complètement détruit. Exsangue, sujet à des bouffées dépressives, insomniaque, il maudissait ces cachets d'ecstasy qui l'avaient mis dans cet état. Juré, on ne l'y reprendrait plus ! Mais l'urgence, maintenant, était de se réconcilier avec Ninon.

Le garçon se berçait d'illusions. Car, dans les jours qui suivirent, Ninon lui fit clairement comprendre qu'elle avait bel et bien rompu le soir du 31 décembre. Elle insista de nouveau pour qu'il fasse faire un test de dépistage du sida, et menaça de prendre les choses en main s'il continuait à tergiverser.

Il se résolut donc à revoir Sonia qui, à sa grande surprise, lui apprit qu'elle avait déjà été dépistée. Le résultat restait à confirmer dans les prochains mois, mais il était négatif. Cette nouvelle rassura Rudy – même si ça ne le dédouanait pas – et il fit faire son propre test le jour même.

L'incendiaire du *Select*, un dénommé Éric Lorrain, fut placé en garde à vue et interrogé par Léo Castaldi, mais sans succès. L'homme étant absolument inconnu de la police, son acte ne s'expliquait pas vraiment. Un pyromane ? À moins qu'il n'ait agi pour le compte d'un tiers... Léo interrogea aussi Mirta et Rachel qui lui relatèrent alors la visite de Charles Frémont. Il se rendit donc chez le notable et lui colla la photo d'Éric Lorrain sous le nez.

– Jamais vu cet homme, répondit catégoriquement Frémont.

Léo savait bien qu'officiellement la proposition d'achat du *Select* faite par Frémont n'aurait pas de rapport direct – surtout pour un juge d'instruction – avec l'acte criminel d'Éric Lorrain tant qu'aucun lien formel entre les deux hommes ne serait établi. Mais l'instinct d'un flic doit aller au-delà des apparences, et le policier soupçonnait Frémont de lui cacher quelque chose. Il lui fallait cuisiner Éric dans cette direction.

De retour au commissariat, Léo se rendit donc directement à la cellule de l'incendiaire.

– La mi-temps est terminée ! On reprend tout depuis le...

Léo s'interrompit : devant lui, le corps d'Éric Lorrain se balançait au bout d'un nœud coulant fabriqué avec les fils électriques du plafonnier...

Luna partageait les soupçons de Léo. En tant que fille de la propriétaire du *Select Hôtel*, elle décida donc de rendre elle aussi sa petite visite à Frémont pour avoir une explication avec lui. Dès qu'elle entra dans son bureau, le cynique avocat fut – qui l'aurait cru ? – bel et bien ébranlé par la jeune femme. Pour la première fois de sa vie, son cœur battit la chamade et il fut incapable de riposter quand, habituellement, il aurait renvoyé son interlocuteur sans ménagement.

– Vous tentez une nouvelle fois de vous en prendre à l'hôtel, et vous aurez affaire à moi ! le mit en garde Luna.

– Ne me poussez pas à commettre un crime pour avoir le plaisir de vous revoir, répondit Frémont.

– Ne dites pas n'importe quoi !

– Au contraire ! Je tiens à dissiper le malentendu. Si vous me connaissiez mieux, vous sauriez que ces méthodes criminelles ne me ressemblent guère. Je suis un adepte de la persuasion par la douceur...

– Permettez-moi d'en douter.

– Je vous prouverai le contraire... si vous acceptez de déjeuner avec moi.

– C'est une proposition de quel genre ?

– Du genre curieux. Je suis désireux de vous connaître. Mon intuition me laisse deviner des complicités entre nous.

– Et si votre intuition vous trompait ?

– J'en serais vraiment très triste. Mais en général, elle est bonne conseillère. Vous acceptez ?

– Rappelez-moi dans quelques jours. Je dois également consulter mon intuition.

Luna partie, Frémont émit un petit sifflement. C'était incroyable, mais il venait de connaître un phénomène qu'il croyait réservé aux mauvais romans et aux films pour midinettes : le coup de foudre.

Au même moment, l'adjoint Picmal convoquait Vincent dans son bureau pour « une affaire grave », lui expliqua-t-il au téléphone. L'architecte accourut et trouva l'adjoint flanqué du directeur des ressources humaines de la mairie, qui prit la parole en premier :

– Nous avons un système de surveillance informatique installé sur les ordinateurs sensibles de la mairie, lui expliqua-t-il. Ceux du cabinet du maire, des adjoints, des directeurs de service... Il s'agit de se protéger contre les actes de malveillance, tels que la destruction ou le vol de documents importants. Ça fonctionne selon le principe des boîtes noires dans les avions, si vous voulez : un certain nombre d'interventions ciblées effectuées sur les machines sont enregistrées, et un système d'alerte détecte celles qui paraissent suspectes. Vous me suivez ?

– Très bien, même si je ne vois pas en quoi...

Picmal interrompit Vincent.

– Le 26 décembre dernier, à 10 heures 43 très exactement, un document sensible, en l'occurrence la dernière version du projet de PLU, a été téléchargé directement à partir de mon ordinateur. Au même moment, j'étais descendu au garage car l'alarme de ma voiture s'était déclenchée.

– Je m'en souviens, convint Vincent.

– J'imagine. Car c'est vous-même, Vincent, qui m'avez demandé de vérifier la conformité d'un travail, au demeurant secondaire et peu urgent, avec le PLU, quelques minutes avant qu'il ne soit téléchargé. Inutile que je vous explique quelle est notre conclusion...

Vincent ne savait trop quoi répondre. Maudite informatique ! Il n'avait pas pensé à ça.

– J'avais besoin du projet de PLU pour travailler chez moi, et je savais que vous auriez refusé que je dispose d'une copie.

– Tant que le PLU définitif n'a pas été adopté par le conseil municipal, ce document est en effet confidentiel. Ici, vous pouvez travailler dessus autant que nécessaire, ce que vous avez fait jusqu'à présent. Pourquoi, tout d'un coup, en faire une copie, clandestinement, soi-disant pour travailler à domicile ? Désolé, Vincent, mais c'est difficile à avaler. En revanche, ce genre de document intéresse un grand nombre de personnes et peut se monnayer fort cher... D'ailleurs, le transmettre à un tiers s'appelle un délit d'initiés, passible de poursuites pénales.

– Vous m'accusez d'un délit, sans preuves, uniquement parce que j'ai copié un dossier ?

– Nous ne vous accusons pas, intervint le DRH. Car, comme vous le dites, nous n'avons pas la preuve que vous l'ayez transmis à un tiers. Et puis, porter plainte et ouvrir une information judiciaire nous ferait une mauvaise publicité et mettrait en évidence une faille dans notre système de sécurité... Mais il est clair qu'au minimum vous avez commis une faute professionnelle grave.

– Je suis donc viré..., en conclut Vincent.

– Ou plutôt, vous signez cette lettre de démission. Le chef des ressources humaines glissa une feuille devant l'architecte. Si vous refusez, nous porterons plainte, mais tout le monde y perdra davantage.

– Nous nous voyons cependant dans l'obligation de signaler votre conduite à l'ordre des architectes, ajouta Picmal.

– Si l'ordre me radie, vous signez ma mort professionnelle !

– Désolé, Vincent, mais il fallait y penser avant. Rien ne nous dit que vous n'êtes pas coutumier de ces pratiques. Il ne serait pas juste qu'une autre collectivité ait à subir ce genre de problème.

– Vous ne m'avez jamais aimé, hein, monsieur Picmal ? cracha Vincent.

– Je vous en prie, monsieur Chaumette. Restons professionnels, intervint le DRH.

Vincent ne jugea même pas utile de répondre davantage et signa sa démission en silence. Il s'était bien fait avoir et ne pouvait s'en prendre qu'à lui-même... Le surlendemain, Céline vint lui rendre visite. Heureusement, Ninon était alors au lycée. Il associa très vite cette visite surprise à son éviction de la mairie.

– Si tu viens pour t'apitoyer sur mon sort, tu perds ton temps, annonça d'emblée Vincent. Pardonne ma brutalité, mais je n'ai rien à te dire.

– Moi, si. Je suis enceinte.

Vincent se rassit. Il ne s'attendait pas à ça. Céline enceinte. De lui.

– Comment est-ce possible ? Tu prenais la pilule...

– Un accident, un oubli, peu importe. J'attends un enfant de toi. Et je compte le garder.

– Je suis un peu secoué..., soupira Vincent. Mais je respecte ta décision.

– À vrai dire, je ne suis pas venue chercher ton respect. Tu ne crois pas que ça change les choses ? Que c'est un signe, une invitation à effacer nos malentendus et à donner une nouvelle chance à notre histoire ?

Vincent la regarda fixement, puis secoua la tête en silence.

– Céline, si tu veux garder cet enfant, je ne me déroberai pas vis-à-vis de lui. J'assumerai tout ce que doit faire un père.

– Je n'en ai jamais douté, Vincent, dit Céline d'une voix pleine d'espoir.

– Mais il faut que tu comprennes une chose : je ne reviendrai pas vers toi. Que tu sois enceinte ne change rien. Tu ne dois te faire aucune illusion là-dessus.

– Pourquoi refuses-tu de nous donner une seconde chance ?

– Je ne t'aime pas, Céline. Je ne veux pas être auprès de toi. C'est aussi simple que ça.

La jeune femme encaissa ses paroles, bien consciente, au ton de son ancien amant, qu'elle ne pourrait rien y changer.

Elle quitta donc le loft sans rien ajouter, abandonnant Vincent en proie à un nouveau doute : comment allait réagir Ninon ?

Mais à sa grande surprise, la jeune fille ne réagit pas violemment : d'une certaine manière, l'existence future d'un demi-frère était moins difficile à accepter que si Vincent s'était mis en ménage avec Céline. Ninon avait parfaitement compris que son père n'était pas près de changer d'avis, et c'était, dans l'immédiat, le plus important.

Lors de la reprise des cours, Rudy lui annonça que son test de dépistage était négatif. Elle en fut sincèrement soulagée mais demeura distante avec le garçon, qui revint à l'assaut.

– Pourquoi tu ne me pardonnes pas ? Si toi, tu avais fait pareil, je te jure que j'aurais passé l'éponge !

– Mais je ne suis pas toi. J'ai été déçue et je n'arrive pas à te pardonner, c'est plus fort que moi. Je veux avoir confiance dans mon mec et, avec toi, je n'aurai pas confiance... C'est comme ça.

– Tu es trop intolérante ! Personne n'est parfait ! Si tu ne pardonnes jamais à personne le moindre petit écart, je te plains !

– Plains-moi si tu veux : ça ne change rien.

Rudy ne réalisait pas que Ninon se montrait d'autant plus intransigeante que son comportement faisait écho aux propres turpitudes de son père. L'image des hommes s'était passablement dégradée dans son esprit et, de manière obsessionnelle, elle pensait bien qu'ils étaient tous les mêmes !

Par ailleurs, d'après quelques témoignages parvenus à ses oreilles, elle avait la quasi-certitude que Rudy filait un mauvais coton en se défonçant dans les soirées. Cette attitude dangereuse l'éloignait encore davantage de lui : elle le trouvait incapable de se prendre en main et lâche, en se réfugiant dans la drogue sous prétexte qu'il était malheureux. Est-ce qu'elle se shootait alors que les deux hommes dont elle se sentait la plus proche l'avaient terriblement déçue ? Son père venait de perdre son boulot et allait avoir un enfant de cette folle de Céline. L'avenir ne s'annonçait pas des plus joyeux et, pourtant, plutôt que de gober des pilules et de s'envoyer en l'air, elle faisait face...

Juliette lui donna raison, mais tirait quand même la sonnette d'alarme concernant Rudy.

– Moi, je ferais la même chose que toi, dit-elle à Ninon. Les mecs sont vraiment trop légers. Mais faudrait peut-être l'aider, s'il déconne avec des ecstas ?

– J'ai essayé de lui parler. « On a cassé, non ? Alors, ça ne te regarde pas » : c'est tout ce qu'il a trouvé à me dire.

– Dans ce cas...

– D'un autre côté, je ne peux pas le laisser s'enfoncer là-dedans non plus...

Ninon avait déjà pris sa décision : s'adresser à un adulte proche de Rudy. Mais Mirta et Roland, comme tous ceux de leur génération, allaient trop en faire et risquaient, avec les meilleures intentions du monde, de tomber à côté de la plaque. Elle savait qui aller voir – celle qui détenait en partie les clés du problème : Luna.

Cette dernière écouta gravement Ninon, la remercia d'être intervenue et, fidèle à son tempérament, prit le taureau par les cornes sans attendre. Ainsi Rudy eut-il la surprise de voir sa mère lui tomber littéralement dessus au beau milieu de la place du Mistral.

– Qu'est-ce que tu fais là ? dit-il avec une pointe d'agressivité.

– Faut qu'on parle. Viens, on va en territoire neutre.

– Je n'ai pas trop le temps, là.

– Arrête de jouer les cacous, Rudy. Si tu ne veux pas me suivre, pas de problème. Mais moi, je te suivrai, et s'il faut qu'on parle devant Mirta de tes plans défonce, tant pis. Je ne suis plus à un psychodrame familial près.

– C'est quoi, ce délire ? tenta Rudy sans conviction.

– Alors, tu viens ?

Rudy suivit sa mère avec docilité. Ils s'installèrent dans un café à cinq minutes de la place.

– Je ne suis pas ici pour te faire la morale. Je vais d'abord te parler de moi. Ce ne sera pas long, rassure-toi. Ça concerne une période de ma vie que tu ne connais pas. Ça s'est passé peu de temps avant que je tombe enceinte de toi. Je prenais de l'héroïne.

– Tu étais toxico ?

– Je ne l'ai pas vu venir. D'abord, une ligne de cocaïne de temps en temps, pour oublier les soucis, pour s'évader. Puis c'est devenu une ligne par jour, puis deux, puis trois... et après, j'ai commencé à me fixer.

– Tu te shootais ? C'est pas vrai...

– J'ai fini complètement accro. Une vraie larve. Plus d'appétit. Plus de désir. Plus rien. Une obsession, une seule : la dope. Pas une minute de répit. C'est comme une pieuvre qui te bouffe le cerveau. Le pire, c'est que j'étais absolument persuadée de contrôler la situation. Pour moi, je n'avais rien à voir avec la junkie qu'on découvre à moitié morte dans les toilettes d'une gare de banlieue. Je refusais d'admettre que je ne valais pas mieux que ces zombies. Ma personnalité ne m'appartenait plus. J'étais devenue un fantôme.

– Tu as réussi à décrocher ? Je veux dire... ça a dû être super dur !

– Quand j'ai su que j'étais enceinte, j'ai décidé que c'était ma chance et que mon enfant ne méritait pas ça. Grâce à toi, je suis revenue vers la vie et je me suis jurée de ne jamais plus retomber dans ce gouffre.

– Je ne le savais pas, confessa Rudy, bouleversé.

– Tu comprends ce que j'essaie de te dire ? Ne tourne pas le dos à la vie, Rudy. Ne te punis pas. Tu veux t'évader ? Très bien. On part ensemble, où tu veux. Mais je ne te laisserai pas te foutre en l'air, même si je devais pour ça te menotter à ma main gauche.

– C'est Lucas qui serait content, ironisa Rudy.

– Lucas ne compte pas dans cette affaire. C'est entre toi et moi. Je ne t'ai pas assez écouté. Je n'ai pas été assez présente. Tu peux ne pas me pardonner. Mais encore une fois, ne te punis pas à ma place.

– Tu sais, je ne prends pas d'héroïne... C'était juste deux, trois fois, comme ça...

– Autant s'arrêter là, non ?

– J'imagine...

– Je vais parler à Mirta. Faut qu'on arrête de se taper dessus. On va bien finir par se comporter comme une famille normale ! ajouta Luna avec humour.

– Il y a du boulot..., conclut quand même Rudy.

Mais il savait que sa mère, pour la première fois, s'était comportée comme il l'attendait. Un nouveau départ qui n'avait pas de prix...

Rudy renonça à prendre de l'ecstasy dans les soirées à partir de cette entrevue. Luna tint parole en établissant une paix fragile avec Mirta et en se rendant jour après jour plus proche de son fils. Réconforté, et gardant l'espoir de renouer avec Ninon, Rudy s'évertua à paraître sous son meilleur jour et à réparer ses excès passés, en premier lieu en se réconciliant avec son ami Lucas.

Ce dernier avait déjà pris quelque distance avec Luna après le réveillon du Nouvel An. Elle l'avait envoyé paître sans ménagement en refusant qu'ils vivent ensemble (« ce serait n'importe quoi », avait-elle dit exactement). Après quoi, elle lui avait aussi opposé une fin de non-recevoir quand il avait voulu l'accompagner sur un tournage où elle partait pour une semaine.

L'exaltation romantique de Lucas était donc retombée comme un soufflé. Il prit conscience que Luna ne s'engagerait jamais vraiment avec lui et qu'il serait cantonné au rôle d'amant occasionnel – un rôle qu'il ne se sentait pas disposé à jouer. Aussi, lorsque Luna lui annonça qu'elle jugeait préférable de ne plus se voir et que, désormais, elle allait surtout s'occuper de Rudy, Lucas ne fut pas surpris outre mesure. Il traversa une période de flottement, mais cette histoire lui avait finalement donné une assurance et une maturité qui allaient s'avérer fort profitables, notamment auprès des autres filles.

À la suite de la tentative d'incendie du *Select*, d'autres événements allaient secouer la vie du Mistral, conséquences du projet que Frémont avait secrètement mis au point après avoir eu connaissance du projet de rénovation urbaine : faire main basse sur le quartier.

Il chargea un habitant du Mistral, Malik Nasri, un jeune avocat tout juste diplômé, de rédiger les mises en congé forcé de tous les locataires dont Phénicie, l'entreprise de Frémont, possédait le logement, en vue de la vente prochaine de ces appartements.

Malik s'exécuta la mort dans l'âme. Sa position était très inconfortable : c'était son premier emploi, Frémont lui avait fait miroiter une carrière fulgurante à ses côtés et, de plus, le jeune homme était secrètement amoureux de Céline... Celle-ci se gardait d'ailleurs bien de l'éconduire, mais sans l'encourager non plus. Elle était sensible à la fascination qu'elle exerçait sur le jeune homme car, d'une certaine manière, elle soulageait la blessure d'amour-propre que lui avait infligée Vincent.

Le conseil de l'ordre des architectes avait, de son côté, rendu sa décision et radié Vincent pour une année entière. Il chercha des travaux de substitution – sous-traiter des plans pour des confrères débordés, donner des cours dans des écoles spécialisées –, mais sans succès. Il commençait donc à s'inquiéter sérieusement pour son avenir, comme il le confia un jour à Charlotte, la jolie styliste du quartier.

– Si ça continue, je suis bon pour devenir pizzaïolo sur le port, lui dit-il.

– Tu refuses de me croire... mais les cartes t'ont prédit de grands changements dans un futur proche.

À ses moments perdus, Charlotte tirait en effet les cartes. Vincent avait pris l'habitude de passer dire bonjour et de discuter avec cette femme qui, par sa douceur et sa fraîcheur, lui apportait un réel réconfort – en tout bien, tout honneur, naturellement. Tous deux s'étaient ainsi découvert un vrai talent pour collectionner les aventures sentimentales désastreuses, et avaient souvent ri en se racontant leurs déboires passés.

Charlotte, par ailleurs, connaissait bien Luna, chacune jouant pour l'autre le rôle de confidente. Elle lui avait ainsi avoué qu'elle ne ressentait pas que des sentiments amicaux pour Vincent. Loin de là...

– Fonce, lui avait conseillé son amie. Un cœur à prendre ne le reste jamais indéfiniment...

– Tout de même, avec ce qu'il lui est arrivé, je le sens plutôt sur la défensive.

– Raison de plus pour attaquer, avait conclu Luna.

Mais Charlotte se contentait de soutenir Vincent dans la période fragile qu'il traversait. Sans se douter que, bientôt, ses talents de cartomancienne allaient se vérifier violemment.

Vincent savait parfaitement que les expulsions en cours dans le quartier du Mistral étaient de sa faute, même indirectement : c'était bien lui qui avait transmis le projet de PLU à Frémont... Il ressentait un regret grandissant qui s'aggrava le jour où Léo lui fit part, lors d'une conversation dans le bar de Roland, de son impasse dans son enquête.

– Je crois Frémont capable d'être derrière l'incendie du *Select* : dans le même temps, il expulse des habitants et se vante dans la presse d'avoir un grand projet de rénovation pour le quartier. Je suis persuadé que tout est lié... Ça fait un moment qu'on le soupçonne de tremper dans des magouilles, mais impossible de le coincer. L'homme est extrêmement habile, et il a des appuis un peu partout. Pour y arriver, il faudrait que quelqu'un examine ses affaires de l'intérieur. En travaillant à ses côtés, il pourrait mettre à jour toutes ses magouilles.

– Une infiltration ? demanda Vincent.

– En quelque sorte. Il faudrait quelqu'un avec des compétences reconnues par Frémont, à ses yeux digne de confiance, mais qui serait effrayé de voir ce type décider du sort des gens du quartier... Si vous avez un justicier-espion dans vos relations, faites-moi signe, ajouta Léo avec ironie.

– Et si Frémont lui avait proposé, dans le passé, de travailler pour lui, ce serait un atout, non ?

– Certainement.

– Je connais quelqu'un qui a le profil, glissa Vincent.

– Vous lui direz avant tout qu'il risque de prendre des coups et de n'avoir d'autre récompense que la gratitude des citoyens, si ce mafieux est un jour hors d'état de nuire...

– Je ne cherche ni gloire ni fortune.

Léo mit un instant à comprendre le sens d'une telle réponse.

– Pourquoi vouloir faire une chose pareille ? finit-il par demander.

– J'ai des raisons personnelles.

Léo acquiesça, puis entraîna Vincent à l'extérieur du bar.

– Marchons un peu, et racontez-moi ces raisons...

Vincent relata alors son histoire avec Céline, le chantage de Frémont, le PLU dérobé et transmis à l'avocat...

– Si vous réussissez, on oubliera ce moment de faiblesse, lâcha Léo. Vincent, j'ai besoin de vous. Faites-vous engager par Frémont et aidez-moi à envoyer ce pourri en taule.

– Encore faut-il qu'il ne se doute de rien.

– Vous devez comprendre une chose : pour que ce plan ait une chance de réussir, il faut que personne, pas même votre fille, ne soit au courant de votre double jeu. C'est capital.

– Je sais.

– Vous allez passer pour un salaud aux yeux de la plupart des gens d'ici. Ce ne sera pas facile, vous devez en être conscient.

– Je sais ce qui m'attend. Mais n'anticipons pas : encore faut-il que Frémont accepte mes offres de services.

– Plus vite nous serons fixés, mieux ça sera, conclut le policier.

Dans les jours qui suivirent, Vincent se rendit donc auprès de Charles Frémont. L'avocat d'affaires l'écouta attentivement et lui répondit d'un ton presque compatissant.

– Il est certain que je vous suis redevable. On vous a lourdement sanctionné pour une... intervention qui m'est profitable. Par ailleurs, cet incident nous met l'un et l'autre dans une position de loyauté réciproque, n'est-ce pas ?

– C'est comme ça que j'envisage les choses, en effet, mentit Vincent.

– Vos compétences n'ont pas diminué à mes yeux. Certes, vous ne pouvez plus exercer en tant qu'architecte. Mais rien ne vous empêche d'être un consultant associé ?

– Je suppose que non.

– J'ai besoin de quelqu'un qui connaisse les moyens de contourner une réglementation souvent trop rigide, pour que notre entreprise de rénovation soit la plus rentable possible. Naturellement, à terme, quand votre sanction sera caduque, vous pourriez être l'architecte des gros travaux que Phénicie décidera. J'ai l'intention de laisser mon empreinte sur la ville, et si vous restez à mes côtés, vous ne le regretterez pas.

– Je sais. C'est pourquoi je suis venu vous voir.

Frémont s'absorba quelques instants dans ses pensées. Vincent savait qu'il pesait le pour et le contre et que sa décision n'était pas encore prise.

– Se pose cependant la question de la confiance, reprit l'avocat.

– Je crois avoir fait mes preuves en vous donnant le plan d'urbanisme, se défendit Vincent.

– On n'a jamais fini de faire ses preuves, cher ami. Et vous n'aviez pas vraiment le choix... Non. La véritable confiance se construit sur des liens dont la nature même va créer des comportements de soutien et de fidélité inaliénables... Croyez-vous en la famille, Vincent ?

– Oui, naturellement.

– C'est très bien. Si je vous associe à mon entreprise, je dois être certain que vous considérerez notre relation comme quelque chose de... sacré. Je ne peux vous faire confiance à moitié, vous comprenez ?

– Que dois-je faire pour vous prouver ma bonne foi ?

– Pas grand chose, Vincent. Vous voulez faire partie de la famille, soit. J'accepte. Je vous demande juste une preuve de la sincérité de votre engagement à nos côtés.

– Je vous écoute.

– Épousez ma fille.

– Je vous demande pardon ?

– Céline, bien qu'elle prétende le contraire, est toujours

amoureuse de vous. Je sais qu'elle attend un enfant. Je vous demande de vous comporter en homme loyal et responsable.

– Mais… c'est impossible : mon divorce n'est pas encore prononcé !

– Je me chargerai de votre affaire et, croyez-moi, il est toujours possible d'accélérer les choses.

– Je… Je ne m'attendais pas à ça, balbutia Vincent.

– C'est simple, confirma Frémont. Si vous voulez devenir mon bras droit, il vous faudra aussi devenir mon gendre. La balle est dans votre camp.

Vincent réfléchissait à toute vitesse. Il était évidemment hors de question qu'il épouse Céline, mais il lui fallait jouer la comédie, gagner du temps, mettre un pied dans la place. Et la perspective de damer le pion aux Frémont précipita sa décision.

– Charles, j'ai l'honneur de vous demander la main de Céline.

– Bienvenue dans la famille, Vincent, répondit Frémont.

Et les deux hommes se serrèrent la main.

Driss | 11

Vincent avait obtenu de Charles Frémont que leur accord demeure confidentiel, y compris auprès de Céline, jusqu'à la prononciation de son divorce avec Laurence. Cela lui laissait le temps de mener son infiltration et lui permettait surtout de ne pas affronter immédiatement la colère de Ninon. Car comment lui expliquer sans rien dévoiler que tout cela n'était qu'un stratagème ?

Il dut néanmoins, pour être un minimum crédible, faire la paix avec Céline, qui ne se fit pas prier, trop heureuse de voir l'homme de sa vie revenir dans son giron. Mais, ayant tiré les leçons de sa première expérience, elle se garda bien d'être trop pressante : elle accepta de le fréquenter « en toute amitié », un peu comme des fiancés du XIXe siècle, persuadée que cette fois-ci elle aurait raison de ses résistances par la douceur… et la naissance de leur futur enfant.

Vincent se borna donc à dire à Ninon qu'il allait effectuer

un travail mineur pour Phénicie pendant quelques semaines. Ainsi, il comptait bien ne pas trop s'exposer. Mais le cours des événements prit rapidement un tour plus difficile que ce qu'il imaginait.

En effet, la contestation des expulsions organisées par Frémont s'amplifia dans le quartier du Mistral. Menée par Blanche Marci qui monta une association de défense et gagna le soutien du journal local, *la Dépêche marseillaise*, cette protestation fit comme première victime le pauvre Malik Nasri, rapidement mis au ban du quartier pour « collaboration avec l'ennemi ».

En rentrant un soir plus tôt que prévu, Vincent vit, autour de Ninon, un groupe de jeunes en train de débattre vivement. Il reconnut parmi eux Rudy, qui paraissait toutefois un peu en retrait, et il perçut immédiatement une gêne liée sans aucun doute à son arrivée.

– Bonjour, tout le monde ! lança Vincent à la cantonade. Ne bougez pas : je ne fais que passer.

– Mon père, soupira Ninon en guise de présentation. Architecte chez Phénicie...

– Consultant, corrigea Vincent. Mais pourquoi ces têtes d'enterrement ? Qu'est-ce que vous faites ?

– Nous faisons partie du comité de défense du Mistral, avoua alors sa fille.

– Celui de Blanche ?

– Oui. Contre ton employeur et tous ses projets dégueulasses.

– Mes parents vont se faire expulser de leur logement, intervint un garçon aux traits virils et au regard austère.

– Il faut se battre, convint Vincent.

– Vous dites ça, mais vous travaillez pour celui qui met ma famille dehors.

– Ça ne veut pas dire que je suis d'accord avec tout.

Comment vous appelez-vous ?

– Driss.

– Je verrai si je peux faire quelque chose.

– Le problème est global, monsieur Chaumette. Ça ne concerne pas que ma famille.

– Des dizaines d'habitants du Mistral risquent d'être virés ! renchérit Ninon.

– Frémont va assister à une réunion publique d'ici peu, vous le savez sans doute. Ce sera l'occasion de lui exprimer votre désaccord, proposa Vincent.

– On sait. Il ne va pas être déçu du voyage ! conclut Ninon.

Elle échangea alors un regard de complicité avec Driss. Vincent, qui n'avait pas très envie de prolonger davantage la conversation, se réfugia dans sa chambre et en ressortit peu après, élégamment vêtu.

– Je vais rentrer tard, dit-il à Ninon qui s'approchait.

– Tu vas voir Céline ? demanda-t-elle d'un ton résigné.

– Pas du tout. Je dîne avec Charlotte.

Là, Ninon arbora enfin un sourire en embrassant son père.

– Bonne chance, alors. Ça va marcher, j'en suis sûre ! Elle flashe sur toi, Charlotte, c'est clair.

– Ninon ! C'est un dîner entre amis ! protesta Vincent.

Bien sûr, papa…

Et Ninon poussa son père vers la porte.

Certes, Vincent et Charlotte passèrent une soirée très amicale. Mais tout observateur, à l'instar de Ninon, les aurait pris pour un couple d'amoureux tant leur complicité et leur plaisir d'être ensemble étaient flagrants. Charlotte n'aborda jamais le fait que Vincent travaille pour Frémont, et il ne put s'empêcher de le lui faire remarquer.

– Tu évites de parler de mon travail : tu dois penser,

comme tout le monde, que je vends mon âme au diable...

– Je n'ai pas à juger tes raisons. Tu as eu des coups durs. Et je sais que tu ne ferais jamais de mal à personne. Ça me suffit pour ne pas te voir en serviteur du Mal...

– Tu es une des personnes les plus tolérantes et les plus sensibles que j'ai jamais rencontrées, dit sincèrement Vincent.

– Cœur d'artichaut, oui...

– Je suis sérieux. Tu es si... Vincent hésita, comme si le mot restait coincé entre ses lèvres.

– Si quoi ?

– Si magnifique.

Charlotte baissa les yeux, touchée, tandis que Vincent réalisait qu'en laissant parler ainsi son cœur il venait de formuler un compliment plus qu'amical...

Mais la fin du dîner se déroula dans une ambiance plus grave, comme si chacun ressentait une gêne vis-à-vis de l'autre. Ils convinrent spontanément de ne pas prolonger la soirée et retournèrent place du Mistral. Devant l'atelier de la styliste, chacun fit montre de gaucherie pour prendre congé, comme deux adolescents timides tournant autour du pot... Charlotte tendit alors à Vincent une dernière perche :

– Tu pensais vraiment ce que tu m'as dit au resto ? Que je suis magnifique ?

– Je n'ai jamais été aussi sincère, lui répondit-il.

– Prouve-le-moi, souffla-t-elle alors.

Charlotte regarda fixement Vincent : l'invitation était claire. Il ne l'embrassa pas tout de suite, mais la prit d'abord dans ses bras, dans une longue étreinte à laquelle elle s'abandonna. Une vague de tendresse submergea alors Vincent. Il prit conscience qu'il se sentait apaisé, confiant ; une chaleur bienfaisante se propageait dans son corps, et il éprouvait un sentiment d'immense soulagement, comme la révélation d'une évidence...

Il rentra chez lui à l'aube. Il ne voulait évidemment pas réveiller Ninon mais, alors qu'il tâtonnait maladroitement dans le noir pour trouver le chemin de sa chambre, celle-ci lui murmura :

– La prochaine fois, ne te sens pas obligé de rentrer : tu pourras rester dormir chez Charlotte...

Vincent ne sut quoi répondre.

– Euh... Je vais me coucher, dit-il platement, faute de mieux.

Ninon acquiesça silencieusement. Elle avait fait le deuil d'une reconstitution familiale, et Charlotte lui paraissait une amie acceptable – voire plus si affinités. En tout cas, elle l'aimait bien...

De toute façon, la jeune fille avait, bien inconsciemment, décidé de se montrer plus indulgente envers son père car, en réalité, elle était troublée depuis que Driss s'était présenté au comité de défense du Mistral. Dans un premier temps, elle avait purement et simplement nié ce trouble : sa sympathie envers la gent masculine était mise entre parenthèses depuis sa déception avec Rudy. Mais, désormais, elle ne pouvait plus nier l'évidence : elle était attirée par Driss – et beaucoup, même. Ce soir encore, elle s'était sentie chavirer chaque fois qu'il la regardait de ses yeux noirs et austères. Rudy, au contraire, s'était comporté comme un gamin, contredisant systématiquement toute parole de Driss et, dans le même temps, s'enthousiasmant haut et fort pour le moindre de ses commentaires à elle...

Le lendemain soir, Ninon retrouva Driss au *Bar du Mistral*. Il était en proie à une grande excitation.

– Ton père avait raison, expliqua-t-il. Il va y avoir une réunion de quartier, avec la venue du grand salopard en personne. Ce Frémont va essayer de vendre sa came à tous les naïfs en leur faisant miroiter je ne sais trop quel promesse... Faut l'attaquer frontalement, ne pas le laisser embobiner les gens.

– Moi, je pense, ajouta Ninon, qu'il ne faut pas l'attaquer seulement verbalement.

– Qu'est-ce que tu veux dire ?

– Si on le ridiculise avant même qu'il ait pris la parole, on décrédibilise par avance tout ce qu'il pourra dire. En même temps, en l'humiliant publiquement, on lui montrerait qu'il n'y a pas de compromis possible avec des enfoirés dans son genre.

– Et comment tu comptes l'humilier ?

– J'ai deux, trois idées, répondit Ninon en baissant la voix. On pourrait lui balancer un seau de sang de bœuf. Ou le tuer symboliquement avec un pistolet *paint-ball*...

Rudy fit alors son entrée dans le café et s'assit à leur table sans rien demander.

– Alors ? C'est quoi, votre plan, avec vos airs de conspirateurs ?

D'un regard, Ninon fit comprendre à Driss qu'elle ne tenait pas à mettre Rudy dans la confidence. Mais il fallait pourtant rester crédible.

– On parlait de la venue de Frémont à la réunion de quartier. Faudrait bétonner des réponses imparables à tous les mensonges qu'il ne va pas manquer de débiter.

– T'inquiète : je pense que Blanche bûche le topo jour et nuit. Elle ne va rien laisser passer. Ton père va participer à la réunion ?

– Je n'en sais rien. Mais je pense qu'il préfèrerait rester en dehors de tout ça.

– Tant mieux, approuva Rudy. Parce que je pense qu'il faudrait donner une petite leçon à Frémont...

– Du genre ? interrogea Driss.

– Du genre, lui balancer des œufs pourris sur la gueule. Enfin, vous voyez le truc.

Nouveau regard de concertation entre Ninon et Driss. Ce dernier prit la parole :

– Je pense, au contraire, que c'est une très mauvaise idée. Les opposants au projet de Frémont vont passer pour des guignols absolus.

– Dis plutôt que t'as la trouille de t'attaquer à ce mec-là ! fanfaronna Rudy.

– Driss a 100 % raison, intervint Ninon. Faut être plus malin que ça : Frémont n'attend que ce genre de plan pour se poser en victime. Classique.

– Je n'avais pas pensé à ça, admit Rudy.

– Le mieux est de le harceler, de lui montrer qu'ici pas une personne ne le soutient et que les gens iront jusqu'au bout. S'il voit que son projet fait naître des tonnes de galères, il le retirera. C'est la méthode des écolos quand ils sont contre une autoroute ou des pylônes.

– Tu as raison, convint définitivement Rudy.

– Il faut distribuer des tracts dans tout le quartier pour que tout le monde vienne. Il y aura probablement la presse locale...

– En attendant, faut que j'aille au boulot, coupa Driss en regardant sa montre.

– À cette heure-là ? demanda Rudy.

– Il y a des gens qui bossent la nuit, tu ne savais pas ? répondit l'autre avec dédain.

– Je t'accompagne jusqu'à l'arrêt du bus, trancha Ninon pour ne pas avoir à rester en tête-à-tête avec Rudy.

Ce dernier les regarda partir. Décidément, ce Driss lui tapait sérieusement sur les nerfs...

En attendant le bus, Driss demanda à Ninon :

– Pourquoi tu ne veux pas que Rudy participe à ton plan alors que vous avez eu la même idée ?

– Il n'est pas fiable. Il s'emballe comme un malade et après, il ne se contrôle plus.

– C'est pas la seule raison.

– D'accord. En plus, c'est mon ex, soupira Ninon.

– Là, je comprends mieux. Écoute, pour Frémont... je fonce avec toi. Mais j'organise l'opération. Si on se plante, on passera pour des guignols, okay. Et si on réussit, il faudra quitter la scène ni vu ni connu, à toute vitesse : il risque de ne pas apprécier.

– D'accord.

– Je te tiens au courant. Voilà mon bus...

Pour la toute première fois, Driss claqua deux bises à Ninon. Elle suivit des yeux le bus qui s'éloignait jusqu'à ce qu'il tourne au coin de la rue. Nouveau symptôme ?

– Tu as vraiment flashé, ma vieille, murmura-t-elle pour elle-même.

Le même jour, Vincent fit avec Léo un point sur les débuts de son infiltration.

– Les affaires croisées de Phénicie et du cabinet Frémont sont à la fois très complexes et très opaques. Sans compter que, pour l'instant, Frémont me cantonne à des questions techniques : comment économiser sur les matériaux, comment contourner les normes de sécurité, etc. J'ai bien vu quelques arrangements avec des fournisseurs, mais rien de très consistant.

– Continuez sur cette voie, répondit Léo. Si vous découvrez que ces petites magouilles en dissimulent de plus grosses, on commencera peut-être à le tenir. Il faut faire comme pour Al Capone, tombé pour fraude fiscale...

– Un associé américain, John Waldron, a débarqué aujourd'hui pour quelque temps. Je vais essayer de sympathiser avec lui : j'ai l'impression qu'il est le lien entre Frémont et des gens peu recommandables.

– Très bonne idée. Mais avancez prudemment et n'en faites pas trop.

– Je sais… mais j'aimerais avoir rapidement de quoi vous aider. Frémont a tenu parole : il doit avoir ses entrées au palais de justice car mon divorce a gagné plusieurs mois et il est sur le point d'être prononcé. À partir de là, je suis supposé épouser Céline dans les plus brefs délais. Ce qui n'arrivera jamais, je le sais, mais la simple idée de faire semblant me rend malade… Vis-à-vis de ma fille, ça va être l'horreur ! Et je dois vous avouer que j'ai rencontré quelqu'un…

– Surtout, ne dites rien à cette personne, et à Ninon non plus. Tout se passera bien. Si Frémont, pour vous faire confiance, a besoin de croire que vous aller épouser sa fille, très bien : il veut un mariage de circonstance et, d'ici là, il ne vous obligera pas à partager son lit !

– N'en parlons même pas, dit Vincent en faisant la moue.

– Continuez comme ça, et faites parler cet Américain…

Depuis qu'il avait rencontré Luna, Frémont, de son côté, n'avait cessé d'y penser. Elle avait accepté de déjeuner avec lui au *Restaurant du Golf*, un lieu fréquenté par la jet-set locale et par toutes sortes de notables.

Pour séduire Luna, l'avocat lui avait sorti le grand jeu et l'avait présentée au directeur du *Gymnase*, le principal théâtre privé de Marseille. Il lui avait même laissé entendre qu'il pourrait bientôt participer généreusement à la production d'un spectacle. Mais Luna ne s'était pas laissée prendre au piège. Au contraire, elle avait très vite flairé que son intérêt était de jouer avec Frémont en lui laissant croire qu'il obtiendrait peut-être un jour ses faveurs. En bref, elle le faisait danser comme un pantin, l'accompagnant dans ses sorties mondaines tout en gardant habilement ses distances. Et ça marchait : Frémont se consumait de désir pour la jeune femme mais ne tentait jamais de la bousculer. Jusqu'au jour où il lui donna rendez-vous dans un petit appartement meublé pour, lui dit-il, « une surprise ».

– Pourquoi m'avez-vous amenée ici ? demanda Luna, sur ses gardes.

– Je vous l'ai dit, il s'agit d'une surprise. L'appartement vous plaît ? Vous pouvez vous y installer quand vous voulez. Sans loyer, naturellement.

Luna avait en effet fait part à Frémont de son désir de trouver un appartement hors du quartier du Mistral, et de ses difficultés, compte tenu de sa précarité financière. Elle jeta un regard à la ronde.

– Agréable. C'est là que vous entraînez vos maîtresses ?

– Luna, voyons ! Pourquoi êtes-vous si cynique avec moi ? Je crois vous avoir démontré que j'étais d'un tempérament... galant. Et, dans le cas présent, c'est ce qui motive ma proposition : la galanterie.

– Je ne dis pas le contraire. Mais vous ne m'avez pas répondu, à propos de vos maîtresses.

– Cet appartement appartient à Phénicie et je m'en sers plutôt pour loger des amis de passage, ou des partenaires en affaires.

– C'est joliment formulé.

– Décidément, vous voulez vraiment me faire passer pour ce que je ne suis pas, protesta Frémont.

– Charles, votre vie passée ne m'intéresse pas : ce que vous avez fait ici, je m'en moque. Je vous dis juste une chose : ne m'installez pas ici pour faire de moi votre maîtresse. Me loger dans cet appartement ne vous donnera aucun droit sur moi.

– Je ne vous sous-estime pas à ce point ! Même si je vous trouve bien sévère avec un homme qui multiplie les gestes d'affection à votre égard...

– Je suis votre amie, et je suis sensible à tout ce que vous faites pour moi. Vraiment. Mais je ne peux rien vous promettre de plus.

L'avocat la regarda d'un air mélancolique.

– Existe-t-il une chance qu'un jour vous vous... rapprochiez de moi ? finit-il par demander.

– Si je vous dis « peut-être », vous allez attendre ce jour et vous faire de plus en plus pressant, comme tous les hommes.

– Mais vous ne dites pas non ? tenta Frémont avec une lueur d'espoir.

– Restons-en là, Charles. Je n'aime pas beaucoup parler du futur...

Luna avait été suffisamment vague pour ne pas se sentir engagée envers son prétendant, tout en sachant qu'il n'allait retenir qu'une chose : elle ne lui avait pas formellement dit non. En effet, à partir de cet instant, Frémont considéra que Luna lui était destinée et qu'elle finirait par succomber à l'amour qu'il lui offrait.

Vincent avait dit vrai à Léo : son divorce avec Laurence était maintenant imminent, et il devrait bientôt mettre en scène son mariage avec Céline. Ils s'étaient revus de temps à autre, dans une ambiance assez glaciale qui était un véritable supplice pour l'architecte. Céline, elle, se montrait d'une gentillesse extrême, parfaite dans le rôle de celle qui n'attend ni ne demande rien, posant des questions pleines de sympathie sur Ninon, sur ses études et sur sa vie au Mistral, et glissant quelques conseils professionnels sur le travail de Vincent.

Car elle comptait bien dissiper ainsi tout sentiment d'hostilité à son égard et, sur ce point au moins, elle y parvint : désormais, Vincent s'en voulait presque de manipuler une femme qu'il considérait comme fragile et déséquilibrée plutôt que volontairement malfaisante. Il savait que, quand il demanderait à Céline de l'épouser, elle tomberait dans ses bras et, malgré ses rancœurs, il craignait de la détruire le jour où il lui avouerait que tout cela n'était qu'un stratagème et elle, seulement un pion sur un échiquier...

Aussi lui présenta-t-il les choses de la manière la moins romantique possible – mais aussi, à ses yeux, la plus crédible : il fut question de la nécessité de donner à leur enfant un foyer stable et, quand Vincent souligna qu'il aurait, compte tenu de ses blessures récentes, besoin de temps pour envisager une nouvelle relation intime avec Céline, celle-ci acquiesça avec un dévouement et une bienveillance pathétiques.

– Bien sûr, mon chéri, lui dit-elle. Je te donnerai tout le temps qu'il te faudra pour revenir vers moi, et tu ne le regretteras pas, je te le promets. Il s'agit pour nous d'écrire une nouvelle page, et je te donnerai mille raisons d'être fier de moi. Je suis heureuse, si heureuse !

– Je dois aussi tenir compte de Ninon, tu comprends. Je ne veux absolument pas que ce mariage entraîne un nouveau conflit. D'où la nécessité d'être très prudent, très délicat avec elle.

– Mais bien sûr ! Je veux que ta fille devienne mon amie. Je sais que cette nouvelle ne lui fera pas plaisir sur le moment, mais je veux gagner son amitié. Le bien-être de Ninon est primordial, car je porte en moi son demi-frère ! Tu n'as aucun souci à te faire : je n'aurai aucun comportement brutal, je resterai effacée le temps qu'il faudra.

Vincent soupira, très mal à l'aise. « Pauvre Céline... », songeait-il.

– Vincent ?

– Oui ?

– Je peux quand même embrasser mon futur mari ?

Il eut un moment d'hésitation. Mais il lui était difficile de se dérober...

Quand il revint au Mistral, Vincent avait pris sa décision : il ne se sentait pas assez fort pour porter seul tout le poids de cette comédie. Il ne pouvait pas non plus risquer de perdre

Charlotte, à peine commencée la première histoire d'amour réel et épanoui vécue depuis sa rencontre avec Laurence, bien des années plus tôt... Il fallait tout lui raconter – mais à elle seule, et surtout pas à Ninon.

Charlotte interpréta la confession complète de Vincent comme une preuve d'amour et de confiance, et l'assura de tout son soutien pour son infiltration de Phénicie. Mais les choses n'allèrent pas de même avec Ninon : elle hurla dès qu'il lui avoua qu'il s'apprêtait à épouser Céline.

– Mais c'est du délire ! Tu sors avec Charlotte, non ?

– Oui.

– Et elle trouve normal que tu te maries avec Céline ?

– Elle comprend la situation, je dirais.

– Moi pas. Tu sors avec une femme, ça colle bien entre vous, et tu vas en épouser une autre dans l'intérêt de mon futur demi-frère ? C'est une histoire de ouf !

– Il ne faut pas que tu prennes ça trop à cœur... Les choses peuvent encore évoluer d'ici le mariage.

– Comment ça ?

– D'autres scénarios sont possibles. Mais je ne peux pas en parler pour le moment.

– Je ne comprends rien à tes histoires. Je crois que tu devrais aller voir un psy...

– Ça te paraît compliqué aujourd'hui mais, d'ici peu, tu verras : les choses seront plus claires. Fais-moi confiance.

– Non, papa. Là, tu m'en demandes trop. Ou tu m'expliques les choses clairement – et là, on en est loin – ou tu dois accepter ma réaction. Mets-toi à ma place !

Vincent savait que Ninon avait parfaitement raison et brûlait d'envie de tout lui avouer. Mais il tint bon.

– Je ne peux rien dire de plus aujourd'hui, confessa-t-il.

– Juste un truc, voulut savoir Ninon. Céline va s'installer ici ?

– Il n'en est pas question ! répondit spontanément Vincent.

– Alors, tu vas emménager chez elle ?

– Je n'en ai pas l'intention.

– Mais vous serez mariés !

– Écoute, pour l'instant, on ne parle pas de vie commune, d'accord ?

– Vous êtes tous complètement barrés, soupira Ninon avant de quitter le loft.

La folie des adultes qui l'entouraient ne fit qu'encourager Ninon dans son projet d'humilier Frémont au cours de la prochaine réunion publique. Avec Driss, elle mit au point une action spectaculaire, sans que personne ne soupçonne le coup qu'ils étaient en train de monter. Rudy, lui, s'était petit à petit réconcilié avec Lucas, et trouvait dans leur complicité renouvelée un remède à la jalousie qui le rongeait. En réalité, les jeunes du Mistral – à part Ninon – se montraient globalement méfiants envers Driss qui avait le double défaut d'être d'un abord difficile et d'une grande sévérité dans ses jugements.

– Tes potes sont vraiment des petits bourgeois gâtés qui n'ont aucune idée des réalités de la vie, avait-il balancé à Ninon.

– Tu es dur avec eux !

– Moi, j'enchaîne des boulots de merde pour vivre et aider mes parents qui, bientôt, n'auront même plus de toit. Si je fais preuve de faiblesse, c'est toute ma famille qui trinque. Je ne pense pas que tes amis puissent en dire autant...

Ninon admirait Driss pour son courage. Il travaillait pour une société de vigiles et faisait le planton au supermarché ou le videur devant les boîtes de nuit. Il avait des idées très arrêtées sur le bien et le mal, un sens du devoir exacerbé et une tendance maladive à tout prendre au sérieux, avec une absence totale de légèreté – ce que Juliette avait résumé à sa manière :

– Ce mec est super, à condition de renoncer à profiter de la vie.

– Tu exagères ! avait protesté Ninon.

– Quelles que soient ses futures performances au lit, c'est pas avec lui que tu t'éclateras, fais-moi confiance.

– Juliette ! C'est pas ça, le plus important !

Et le jour de la réunion de quartier, prévue dans le bar de Roland, arriva. Frémont débarqua sur la place du Mistral en compagnie de Vincent qui avait le plus grand mal à ne pas faire une tête d'enterrement.

– Mettez-y un peu d'allant, lui glissa l'avocat. On ne va pas sur un ring de boxe ! Tout va bien se passer, vous verrez.

– Je persiste à croire que cette réunion n'est pas une bonne idée.

– Je ne suis pas du genre à me défiler : on veut me parler, me voilà.

Vincent aperçut alors deux silhouettes qui s'approchaient d'eux, les visages dissimulés derrière des masques de personnages de dessins animés. La place était déjà envahie par une foule de Mistraliens quand elles se plantèrent face au notable.

– Frémont, salaud ! hurlèrent les personnages. Tu veux nous sucer jusqu'au sang ? Alors, prends !

Avant que Frémont n'ait eu le temps de réagir, ils soulevèrent chacun un seau et en jetèrent le contenu sur lui… qui se retrouva couvert de sang. Les deux assaillants disparurent aussitôt tandis que l'avocat, interloqué, regardait le sang lui dégouliner de la tête aux pieds. Vincent, lui, eut le temps de remarquer que l'un des deux personnages portait exactement les mêmes baskets jaunes et vertes qu'il avait vues sur sa fille, le matin même…

Naturellement, la rencontre avec les habitants du Mistral

fut annulée. Frémont, furieux, tourna les talons en promettant de terribles représailles aux auteurs de l'attaque. Léo Castaldi avait observé toute la scène.

– Vous savez quelque chose à propos du petit happening qui vient d'avoir lieu ? demanda-t-il à Vincent.

– J'ai peut-être une idée, mais qui ne m'enchante guère...

– Si Frémont porte plainte, je ne ferai pas de zèle, ne vous inquiétez pas, le rassura Léo.

Vincent aurait aimé interroger immédiatement Ninon. Mais elle s'était réfugiée chez un copain de Driss qui, travaillant la nuit, leur avait laissé son studio. Driss avait en effet estimé qu'il valait mieux ne pas regagner le Mistral de toute la soirée. Ninon était d'accord, naturellement, et comptait sur cette intimité providentielle pour séduire son complice.

Celui-ci se dérida en évoquant la tête de Frémont couvert de sang. Puis il complimenta Ninon – ce qui, chez lui, devait être assez rare.

– En tout cas, tu as assuré. J'avais peur que tu n'ailles pas jusqu'au bout.

– Pourquoi ? C'est pas mon genre, protesta Ninon.

– Vis-à-vis de ton père, par exemple.

– Lui, je m'en fous.

– Ne dis pas ça. C'est important de respecter son père, corrigea Driss. Et puis, tu aurais pu ne pas me faire confiance.

– Je te fais confiance depuis le premier jour.

– Pourquoi ? Tu ne me connais pas !

– Plus que tu ne t'imagines...

– Moi, je te connais à peine.

Ninon regarda Driss fixement.

– Tu n'aimerais pas me connaître un peu mieux ?

– Si, bien sûr.

– Je vais te donner une piste, alors...

Et Ninon embrassa furtivement Driss qui lui rendit un baiser timide, sur la réserve. Il se détacha d'elle, qui ne put s'empêcher de faire la moue.

– Tu sais, je ne suis pas du genre à aller trop vite, avec les filles. Faut prendre le temps de se connaître...

– Ça change de la plupart des garçons... mais des fois, c'est bien aussi, répondit Ninon, déçue.

– On n'est pas du même monde, Ninon. Je ne crois pas que ça marchera entre nous.

– Pourquoi tu dis ça ?

– Regarde la réalité. Je fais des boulots minables pour aider ma famille et, pour moi, c'est le plus important. Si on est expulsés, on va déménager et atterrir dans une cité... Toi, tu aimes t'amuser, tu as une vie facile... Je ne serai jamais à l'aise dans ton milieu. Et je doute que tu t'adaptes au mien.

– Mais t'es hyper négatif ! Avant même d'essayer, tu fais comme si on n'avait aucune chance !

– C'est ce que je ressens, désolé d'être direct. Je ne sais pas dire les choses avec des pincettes. Restons amis : je ne peux pas t'offrir plus.

La raison de Ninon lui soufflait que Driss n'avait peut-être pas tort – en tout cas, elle ne pouvait pas lui en vouloir de se montrer honnête avec elle. Mais son cœur ne retenait qu'une chose : ce type ne lui laissait pas la moindre chance. Il la prenait pour une petite bourgeoise incapable d'évoluer, et cette manière de la repousser, puisqu'il s'agissait de ça, était particulièrement humiliante. Comme si elle devait se contenter des miettes !

– Je vais rentrer, dit-elle alors.

– C'est pas prudent, avertit Driss.

– Je ne suis pas quelqu'un de prudent, tu l'as peut-être remarqué.

Driss ne la retint pas. Au fond, cette fille lui faisait un peu peur.

Préparatifs de mariage | 12

Au retour de Ninon, Vincent la sermonna durement pour sa sanguinolante attaque de Frémont. Comme elle commençait par plaider non-coupable, elle s'arrêta et retourna l'accusation :

– Moi, au moins, lui lança-t-elle, je réagis contre ce salaud ! Tu crois que je suis fière de te voir travailler pour lui ?

Vincent se sentit accablé. Au fond de lui, il était d'accord avec sa fille : le rôle qu'il se devait de jouer lui était de plus en plus insupportable. Mais Ninon décrétait déjà qu'ils n'avaient plus grand-chose à se dire : elle était sur les nerfs depuis sa conversation avec Driss, qui avait ruiné tous ses espoirs, et elle en voulait à la Terre entière.

Ignorant, de son côté, dans quel état se trouvait Ninon, Céline s'était décidée à faire un geste spectaculaire envers elle. Mais elle se rendit d'abord à l'atelier de Charlotte. Elle la connaissait un peu, car elle l'avait autrefois aidée à obtenir une aide de la mairie pour lancer son activité. Elle fit une entrée lyrique dans la boutique alors que la styliste se figeait, sur ses gardes.

– Bonjour, Charlotte ! Depuis le temps, comment ça se passe pour vous ?

– Je ne me plains pas, répondit cette dernière avec prudence.

– Je suis venue vous voir pour quelque chose de spécial : une commande comme on n'en fait pas souvent dans sa vie !

– Oui ?

– Je me marie ! Avec Vincent Chaumette ! Vous le connaissez, j'imagine ?

– Oui… Nous sommes voisins…

– Je veux que vous dessiniez ma robe de mariée ! Quelque chose qui sorte de l'ordinaire, qui exprime la joie de vivre, la fierté – le bonheur, en somme… Comme on dit, ce sera le plus beau jour de ma vie !

– Félicitations, dit Charlotte d'une voix neutre.

– Vous connaîtrez ça un jour aussi ! Vous verrez, c'est magique ! Avez-vous des modèles ? Peut-on faire des essayages ?

– Eh bien… Je n'ai pas grand-chose, il faudrait que je reprenne mes croquis.

– Montrez-les-moi tout de suite ! Ça vous ennuie ?

– Non, non…

Charlotte ne savait vraiment pas comment réagir face à l'enthousiasme de Céline. « Elle y croit vraiment… », pensa-t-elle. Elle avait suffisamment confiance en Vincent pour jouer le jeu, et la situation l'exigeait, mais pourvu que cela cesse au plus vite !

Au même moment, Juliette et Ninon s'installaient au *Bar du Mistral*.

– J'ai un truc à t'annoncer, dit Juliette.

– Si c'est une mauvaise nouvelle, j'ai déjà eu ma dose.

– Au contraire : je sors avec Lucas !

– Sérieux ? Depuis quand ?

– En fait, depuis quelques jours... Enfin, plus ou moins, surtout depuis hier... Tu vois ce que je veux dire... C'était génial !

– Je suis contente pour toi.

– T'en as l'air...

– Excuse-moi... C'est que, de mon côté, je ne nage pas dans le bonheur. Avec mon père, ça recommence à déconner.

– Joker ! Ton père et le mien, on n'en parle pas.

– Tu as raison. Et puis, je croyais qu'il allait se passer quelque chose avec Driss. Je me suis trompée lourdement : je ne l'intéresse pas.

– Tant mieux. Lui et toi, ça n'aurait jamais marché, c'est clair.

– C'est exactement ce qu'il m'a dit, soupira Ninon.

– C'est un garçon lucide, au moins.

– Ouais... En attendant, je me sens comme une conne : il n'y a rien autour de moi qui me motive...

– Comment tu peux dire ça ? protesta Juliette en lui prenant la main. Tu as une copine, au moins !

– C'est vrai : avec toi, au moins, tout est bien. Tu es la seule...

– Allez, souris un peu ! La vie n'est pas si nulle !

– C'est vrai, ça, commenta avec spontanéité Mélanie en déposant deux cafés devant les filles.

Ninon sourit sans même se forcer. Une chose était sûre : elle était moins mal entourée qu'elle ne le prétendait.

C'est ce moment que choisit Céline pour faire irruption dans le bar, sous le regard méfiant de Roland. Elle se dirigea vers les filles avec un sourire gigantesque et leur adressa la parole comme si cette rencontre la submergeait d'un bonheur absolu.

– Juliette, Ninon ! Comme je suis heureuse de vous voir !

« Et voilà la folle », pensa Ninon qui songea immédiatement à se lever et à partir – mais elle n'en fit rien, par égard pour Juliette.

– Je voulais vous parler, justement ! Vous prenez quelque chose ? Je vous l'offre !

– C'est déjà fait, répondit froidement Ninon.

– En tout cas, ça tombe bien que vous soyez là : j'ai quelque chose à vous dire !

– On avait compris, soupira Juliette.

– Quelque chose à vous demander, plutôt. Voilà : j'aimerais que vous soyez mes demoiselles d'honneur.

– Allô ? Ninon fronça les sourcils.

– À mon mariage...

– Demoiselles d'honneur ? En blanc, avec les fleurs et tout le tralala ? voulut savoir Juliette.

– Oui, avoua Céline, un peu désarçonnée. Enfin, le blanc, c'est comme vous voulez... Il faudra voir ça avec Charlotte.

– Avec Charlotte ? répéta Ninon.

– C'est elle qui dessine ma robe de mariée, précisa fièrement Céline.

– Charlotte dessine la robe de votre mariage avec mon père, c'est bien ça ?

– Eh bien, oui... Je ne vois pas ce qu'il y a de...

Ninon l'interrompit d'un éclat de rire : les choses prenaient une tournure carrément absurde. Elle avait renoncé à les comprendre et, quels que soient son dégoût et son rejet de cette situation ubuesque, elle ne pouvait s'empêcher d'en rire.

Juliette aussi riait, mais pas pour les mêmes raisons : elle pensait que sa grande sœur était complètement à côté de la plaque en demandant à Ninon d'être sa demoiselle d'honneur. Céline les regarda, d'abord surprise, un brin vexée, puis, toujours décidée à prendre un nouveau virage avec Ninon, elle fit preuve d'ouverture.

– J'ai pensé que ce serait une belle idée, plaida-t-elle. Comme un trait d'union entre nos deux familles.

– Tu en fais trop, Céline, lui expliqua Juliette. Ne le prends pas mal, mais... « demoiselle d'honneur », on se croirait au mariage d'une tête couronnée !

– Pour moi, c'est important.

– Je dois y aller, coupa Ninon en se levant.

– Alors, vous acceptez ? demanda Céline d'un ton implorant.

– Désolée, Céline. Je ne suis même pas sûre d'être là.

Et Ninon quitta le bar. Céline échangea encore quelques mots avec Juliette, puis sortit à son tour et courut pour la rattraper.

– Ninon ! Attends !

Celle-ci leva les yeux au ciel : « Quoi, encore ? » Elle ne s'arrêta pas de marcher, mais Céline la suivit.

– Pourquoi me rejettes-tu ? Je veux être ton amie. Je suis sûre qu'on finira par bien s'entendre.

– Aucune chance, laissa tomber Ninon.

– J'aime ton père, que tu le veuilles ou non. C'est sincère.

– Peut-être. Je m'en fous. Moi, je ne vous aime pas.

– Qu'est-ce que je t'ai fait pour que tu sois si dure ?

– Vous voulez un dessin ?

– Tu m'en veux parce que tu penses que je me suis mise entre ton père et ta mère ? Je ne cherche pas à la remplacer...

– Ne parlez pas de ma mère.

– Nous ne sommes pas si éloignées, toi et moi... mais tu t'obstines à me considérer comme une marâtre de conte de fées, une méchante sorcière. Tu es puérile, et injuste.

– Je suis comme je suis, je ne vous demande rien. Si, une chose : me foutre la paix.

– Tu es vraiment désagréable ! Céline commençait à s'emporter.

– Au moins, là-dessus, on se ressemble...

Elles empruntèrent toutes deux une passerelle qui surplombait un canal dans un square. Céline se planta devant Ninon.

– Petite conne prétentieuse ! Si tu crois que tu vas m'impressionner, avec tes grands airs ! J'ai l'intention d'être heureuse avec ton père, et je ne compte pas me laisser dominer par une gamine mal dégrossie qui croit que le monde doit ramper à ses pieds !

– Laissez-moi passer.

– Moi, au moins, je mérite l'amour de ton père. Toi, tu ne fais que lui empoisonner la vie ! Je te préviens : je ne te laisserai pas saboter mon mariage. Si tu te mets en travers de mon chemin, tu vas le regretter – et tu ne fais pas le poids ! Vincent ne mérite pas un fardeau pareil, tu es vraiment une plaie ! Tu lui fais honte !

– Dégage, putain !

Joignant le geste à la parole, Ninon poussa Céline sur le côté pour pouvoir continuer sa route. La jeune femme perdit alors l'équilibre et tomba à l'eau. Le canal était peu profond, elle ne risquait rien, mais elle commença à se débattre comme si elle était sur le point de se noyer. Ninon la regarda sans la moindre compassion, secoua la tête, accablée, et poursuivit son chemin tandis que Céline hurlait toujours. Un passant l'aida à sortir de l'eau.

– Faut pas vous engueuler comme ça ! C'est votre fille ?

Céline le regarda comme si ces mots la touchaient droit au cœur. Elle suffoquait, tremblait de tous ses membres, avait du mal à respirer.

– Ça va ? s'inquiéta son sauveteur. Vous vous sentez bien ?

Céline voulut répondre, ou plutôt crier, mais aucun son ne sortit de sa bouche. Ses jambes cédèrent et elle s'effondra. D'autres personnes accoururent. Une femme prit les choses en main :

– Elle est en état de choc. Appelez le Samu !

Céline sentit qu'elle perdait le contrôle : quelque chose de terrible était en train de se passer. Comme une blessure, au plus profond d'elle-même, dans laquelle tout son corps se désintégrait...

Le soir même, Vincent fut invité à dîner par Charles Frémont avec John Waldron, son associé américain qui, dès les premiers jours, lui avait témoigné une grande sympathie. Un peu plus tôt, il avait surpris une discussion entre les deux hommes d'affaires où l'Américain s'étonnait que Phénicie finance un spectacle – de surcroît sans perspective de profits. Frémont avait alors affirmé que cette pièce allait permettre la révélation d'une future grande vedette, Luna Torres, et qu'il s'agissait, au contraire, d'un investissement judicieux. Emporté par sa fierté et son rôle de mécène protecteur de Luna, l'avocat avait donc organisé une soirée pour lui présenter « cette actrice exceptionnelle », et y avait convié Vincent.

L'architecte comprit à cette occasion que Luna menait bel et bien Charles Frémont par le bout du nez. Il paraissait prêt à satisfaire toutes les exigences de la jeune femme qui, pourtant, se montra tout juste polie envers lui, préférant s'amuser avec Waldron. Ce dernier, aidé par l'alcool, cherchait ouvertement à la séduire. Luna riait de bon cœur à ses plaisanteries, et répondait bien volontiers à ses questions sur des aspects assez intimes de sa vie : elle adorait le marivaudage. Frémont, lui, était de plus en plus agacé par ce manège.

– Il est tard, lui fit-il remarquer. Si nous y allions ?

– Mais je ne suis pas fatiguée !

– Vous devriez penser aux répétitions de demain.

– Allez, ne soyez pas si... Comment dites-vous déjà, en

français ? *Rabat-jour ?* intervint Waldron.

– Rabat-joie ! corrigea Luna en riant.

– Bien sûr, je ne veux forcer personne, lâcha Frémont, mauvais.

– En ce qui me concerne, je vais rentrer, déclara Vincent.

– Oh ! Reste encore un peu, proposa Luna.

– Mais oui ! Ne vous sentez pas obligé de partir vous aussi, intervint Frémont, soucieux de ne pas laisser Luna et Waldron en tête-à-tête.

Vincent accepta donc de rester encore un moment, même s'il était surtout pressé de retrouver Charlotte. Frémont parti et Luna aux toilettes, Waldron se pencha vers lui :

– Cette demoiselle est ravissante. Si j'ai bien compris, vous vous connaissez bien ?

– Nous sommes voisins, en quelque sorte.

– Et Frémont ?

– Je pense qu'il l'apprécie beaucoup également...

– Mais les absents ont toujours tort, n'est-ce pas ?

La soirée se poursuivit donc avec champagne et force amabilités entre Luna et Waldron, jusqu'au moment où les deux hommes raccompagnèrent la comédienne chez elle. Elle leur proposa de monter prendre un dernier verre – invitation que Vincent déclina, à la grande joie de l'Américain. L'architecte les abandonna donc, mais il avait à peine parcouru cent mètres que Luna l'appela sur son portable.

– Viens vite ! Il va le tuer ! cria-t-elle d'une voix paniquée.

Vincent revint à toute vitesse, monta comme une flèche à l'appartement et découvrit Waldron à terre qui se protégeait comme il pouvait des coups de Frémont, alors que Luna, tétanisée, contenait ses sanglots dans un coin. Il sépara les deux hommes.

– Arrêtez ! Vous allez rameuter tout le quartier ! lança-t-il à Frémont.

L'avocat, le souffle court, finit par se calmer, tandis que Waldron se levait péniblement, du sang sur le visage.

– *Bastard*..., siffla-t-il entre ses dents.

– Que s'est-il passé ? demanda Vincent.

– Cette ordure a essayé de violenter Luna à peine entré dans l'appartement. Dieu merci, j'étais là.

Vincent interrogea Luna du regard. Bouleversée par la scène, elle acquiesça imperceptiblement.

– Sans votre arrivée, j'aurais peut-être commis l'irréparable, reprit Frémont. D'une certaine façon, vous me sauvez la mise. Ça ne vous ennuie pas de raccompagner mon ex-associé ?

Il se tourna vers Waldron.

– Vous n'êtes plus le bienvenu à Marseille.

– Vous le regretterez, Frémont.

– Foutez-moi le camp.

Vincent entraîna Waldron.

– Allez, venez, mon vieux...

En partant, il croisa une nouvelle fois le regard de Luna, où il perçut un signe de remerciement. Quelle soirée !

Pendant tout le trajet vers son hôtel, Waldron demeura silencieux. Le bar était encore ouvert et l'Américain proposa à Vincent de boire un dernier verre. Au point où il en était... Il accepta.

– Ce *fucking bastard* de Frémont... Je n'ai pas voulu violer Luna, évidemment. Je l'ai embrassée, c'est vrai, mais elle ne disait pas non, et il m'est tombé dessus comme un chien enragé.

– Je vous avais mis en garde : c'est quelqu'un de brutal.

– Il va me le payer cher.

– Soyez raisonnable, Waldron. Si vous vous attaquez à Frémont, vous aurez des ennuis. Oubliez-le... Ne faites pas une connerie qui pourrait vous envoyer en prison pour longtemps.

– Vous croyez que je vais m'attaquer à lui physiquement ? Waldron rit. Ce n'est pas mon intention, je ne suis pas fou ! Non. Je suis son associé et je sais beaucoup de choses : il suffirait que certaines informations atterrissent par hasard à la police, voyez-vous... Mais je ne veux pas vous causer d'ennuis. Je vous apprécie, Vincent.

Celui-ci fixait gravement Waldron. Son cerveau réfléchissait à cent à l'heure : et si c'était l'occasion qu'il attendait ?

– John, au risque de vous surprendre, j'ai moi-même de très bonnes raisons de vouloir donner une leçon à Frémont. Une affaire personnelle.

– *No joke ?* répondit Waldron. Vous m'intéressez. Si vous me racontiez un peu tout ça ? Nous avons peut-être des intérêts communs !

– C'est possible.

– Vous vous demandez si vous pouvez me faire confiance, c'est ça ? Vous avez vu ce qui s'est passé ce soir : mon business avec Frémont est terminé. Il ne me fera pas de cadeau.

– Je sais. Si vous savez des choses compromettantes sur lui, je peux vous garantir que je veillerai personnellement à ce qu'elles soient utilisées. J'ai des relations avec les autorités, dirons-nous.

– Vous êtes un indic ? Flic, certainement pas : je les détecte à dix kilomètres à la ronde.

– Je vous l'ai dit. J'ai un problème très important avec Frémont.

– Racontez-moi ça, et je vous donnerai les moyens de vous débarrasser du problème. Définitivement. Mais commandons une autre tournée : je sens que nous avons beaucoup de choses à nous dire...

Et Vincent, suivant son instinct, se confia à Waldron : Céline, le vol du plan d'urbanisme, la rupture avec Laurence, le chantage au mariage... L'Américain l'écoutait avec attention, l'air sincèrement intéressé. Quand Vincent eut terminé, il siffla, à la fois admiratif et complice.

– Si je comprends bien, vous auriez mieux fait de ne jamais croiser le chemin des Frémont. Je ne suis pas un enfant de chœur, Vincent, vous vous en doutez. Mais je trouve Frémont encore plus détestable après ce que vous m'avez raconté. *What a shit !*

Vincent était surpris par la réaction de Waldron, mais celui-ci paraissait sincère.

– En tout cas, poursuivit-il, je comprends maintenant vos motivations. Demain, je prendrai le premier vol pour Paris et, de là, pour les États-Unis. Je veux votre parole que vous garderez le secret sur ce que je vais vous dire pendant une durée de vingt-quatre heures. Le temps que je sois rentré chez moi.

– Je vous le promets.

– Écoutez bien ce que je vais vous dire. Je ne le répèterai pas, vous ne noterez rien, cette conversation n'aura jamais eu lieu. C'est clair ?

– Absolument.

– Bien. Voilà le topo...

À son tour, Vincent écouta attentivement. Au fur et à mesure que Waldron parlait, un sourire se dessinait sur son visage.

Quand il rentra chez lui, il fut surpris de voir que Ninon ne dormait pas encore.

– Tu es toujours debout ? Il est plus de deux heures !

– Je t'attendais, avoua Ninon.

– Ah bon ? Un problème ? Tu pouvais m'appeler !

Tous deux s'asseyèrent.

– Aujourd'hui, Céline est venue me voir.

– Oh non, c'est pas vrai... Et qu'est-ce qu'elle te voulait ?

– Papa, je ne comprends toujours pas à quoi tu joues : à t'entendre, on dirait que tu la détestes ; mais tu vas te marier avec elle ! Je suis perdue...

– Ne parlons pas de ça pour le moment. Qu'est-ce qu'elle te voulait ? demanda Vincent une nouvelle fois.

– Que je sois sa demoiselle d'honneur, soupira Ninon.

– Sans blague ? Il s'esclaffa. Ça, c'est la meilleure !

– Au début, ça nous a fait rigoler : j'étais avec Juliette, et Céline a demandé la même chose à sa sœur. Mais je lui ai dit non, bien sûr.

– Je te comprends.

– Je suis partie et elle m'a suivie. Elle était super insistante. Je l'ai envoyée balader et elle est devenue hystérique : elle a commencé à m'insulter...

– Je vois le tableau.

– Elle me barrait le chemin. On était sur la passerelle du square Stendhal, tu vois ? Je l'ai poussée... et elle est tombée à l'eau.

– Dans le petit canal, sous la passerelle ?

– Oui. Il n'y a que quelques dizaines de centimètres de profondeur...

– Je sais.

– Mais je ne l'ai même pas aidée à sortir. J'étais excédée, alors j'ai tracé. Je ne voulais plus la voir.

– C'était brutal de ta part, quand même...

– Je sais. C'est pour ça que je t'attendais : je ne peux pas l'encadrer... mais je m'en veux d'avoir réagi comme ça. Ça ne me ressemble pas.

– Écoute, je l'appellerai demain.

– Mais papa, il ne s'agit pas de ça ! Tu ne veux pas comprendre. Cette histoire, ça me fout en l'air ; ça me rend malade ! Aujourd'hui, il s'est passé cette histoire – c'était pas trop grave. Mais demain ? J'ai envie de quitter Marseille, tu sais. Je me sens super mal, ici...

Elle commença à sangloter en silence. Vincent, bouleversé, la prit doucement dans ses bras. Il ne voulait plus voir sa petite fille souffrir. Que Léo aille se faire voir : il fallait protéger Ninon maintenant. Et sauver leur relation, avant qu'elle ne se trouve à nouveau au bord du gouffre.

– Je ne pensais pas que les choses allaient tourner comme ça : d'abord maman, puis Rudy... Je m'étais fait une raison de tout ça, mais là, je n'ai plus la force...

– Je sais, ma chérie. Pour moi aussi, beaucoup de choses ont été difficiles. Mais d'ici peu, tout va s'arranger.

– Mais comment ? C'est pas possible...

– Je vais te dire quelque chose, Ninon. Mais il est absolument nécessaire que tu gardes le secret : tu vas comprendre pourquoi. Et tu vas comprendre pourquoi dès demain, après une bonne nuit de sommeil, on sera de nouveau optimistes... C'est une histoire de dingues, je te préviens. Mais à la fin, c'est nous qui gagnons.

– Je veux bien croire que c'est une histoire de dingues. Mais raconte, vas-y...

Ninon sécha ses larmes : son désarroi s'était changé en curiosité. Qu'est-ce que son père allait lui raconter ? Pour la seconde fois de la soirée, Vincent prit son inspiration et raconta ses secrets...

Céline, elle, dut rester vingt-quatre heures en observation et, en quittant l'hôpital, elle n'eut pas la force de rentrer chez elle. Elle se rendit donc chez ses parents. Sa mère ouvrit la porte.

– Céline, ma chérie ! Je ne m'attendais pas à te voir ! Tu as une mine épouvantable.

– Je sors de l'hôpital.

– De l'hôpital ? Mon Dieu, que s'est-il passé ?

Astrid Frémont fit entrer sa fille, décidée à ne pas y aller par quatre chemins.

– J'ai perdu mon bébé.

– Mais comment ça ? Tu as fait une fausse couche ?

– Pas tout à fait. Suite à un choc, j'ai fait une mauvaise chute... et voilà.

– Ma pauvre chérie ! Tu as eu... des complications ?

– Non, non, tout va bien. Je veux dire : pas de problèmes, pas de séquelles. J'ai perdu mon bébé. C'est tout.

– Je vais te paraître un peu brutale, mais il faut en faire un autre, dès maintenant ! C'est le meilleur remède possible. Faire que la vie soit plus forte.

– Facile à dire...

– Je ne vois pas pourquoi. Tu es tombée enceinte une première fois. Il n'y a pas de raison que ça ne se reproduise pas. Sauf si Vincent ne te touche pas, évidemment...

Astrid avait fait cette remarque avec un brin d'humour, s'attendant à ce que Céline lui réponde quelque chose comme « de ce côté-là, il n'y a pas de souci à se faire ». Mais au regard de sa fille, elle comprit qu'au contraire, il fallait s'en faire...

– Tu sais, Vincent et moi...

– Tu ne vas pas me dire qu'il ne te... désire pas ?

– Maman, Vincent ne m'aime pas. Enfin, pas comme tu le penses, et pas comme je le voudrais. Je suis prête à lui donner du temps : tous les jours, je me répète qu'il va me revenir, qu'il va m'aimer et me désirer comme avant. Mais parfois, je n'y crois plus. J'ai peur...

– Mais vous allez vous marier très bientôt !

– C'est un mariage pour le bébé, maman. L'important était pour moi d'accrocher Vincent à mon ventre : je me disais que, s'il acceptait d'être le père de mon enfant et mon mari, il finirait par redevenir mon amant... Mais maintenant, j'ai peur qu'il ne devienne jamais mon mari et qu'il me tourne le dos, pour toujours.

Astrid demeura pensive un moment.

– Il y a une solution, souffla-t-elle.

– Laquelle ?

– Ne dis pas à Vincent que tu as perdu le bébé.

– Quoi ?

– Continue à tout faire comme avant. Sois gentille, légère, attentionnée – enfin, je ne vais pas t'apprendre comment il faut faire avec les hommes... Tu dois faire le pari qu'il reviendra vers toi. Et si tout marche bien, tu retomberas enceinte, et tu pourras toujours lui avouer, plus tard, que tu avais perdu le premier bébé...

– Mais comment je vais faire pour lui faire croire ça ? Mon ventre...

– Les premiers mois, nombre de femmes ne grossissent pas.

– Et les visites médicales ? L'échographie ? Je devais passer la première dans trois jours !

– Je vais arranger ça. Mais crois-moi, si tu dis la vérité, Vincent te quittera. À toi de voir si ce mariage est important.

– Plus que tout !

– Alors tu dois faire ce que je te dis.

Céline réfléchissait. La distance qui existait entre Vincent et elle allait, paradoxalement, faciliter les choses. Elle devait tenter le tout pour le tout, sa mère avait raison.

– D'accord, dit-elle finalement.

– Tu es bien une Frémont : la fin justifie les moyens ! Moi, je vais m'occuper de l'échographie et je te rappelle. Rentre chez toi, repose-toi et refais-toi une beauté avant de voir Vincent !

– Merci, maman. Je savais bien que je devais venir te voir en premier.

– Et pas un mot à ton père ou à ta sœur. C'est entre toi et moi.

Vincent tint parole et attendit les vingt-quatre heures promises à Waldron avant de parler de leur plan à Léo. Pendant ce temps, Frémont fit une apparition furtive chez Phénicie, mais aucun des deux hommes n'évoqua les incidents de la veille. Le soir venu, Vincent retrouva Charlotte et l'invita au restaurant avec Ninon : il vendait peut-être la peau de l'ours avant de l'avoir abattu, mais ça lui faisait du bien.

Plus tard dans la nuit, après l'amour, il s'endormit contre son amante comme un bienheureux – pour la première fois depuis longtemps. Charlotte, elle, garda les yeux ouverts plusieurs heures : et si les choses ne tournaient pas comme prévu ? Elle n'osait pas le dire, mais elle craignait que Vincent ne prenne trop de risques...

Le lendemain matin, celui-ci rencontra Léo au *Bar du Mistral*, comme convenu la veille.

– Alors, demanda Léo sans délai, c'est quoi, la grande nouvelle ?

– On tient Frémont, annonça l'architecte.

– Pas si vite ! Racontez-moi tout.

– Frémont et Waldron se sont battus : une embrouille à cause de Luna Torres. Enfin, c'est surtout Frémont qui, par jalousie, a tabassé Waldron. Je les ai séparés : l'un m'a remercié de l'avoir empêché d'aller plus loin, et l'autre, plein de ressentiment, s'est confié à moi. Non seulement Waldron s'est fait casser la gueule, mais Frémont l'a viré de son business. Du coup, l'Américain veut lui rendre la monnaie de sa pièce.

– Qui vous dit qu'il ne joue pas double jeu ? Pourquoi s'est-il confié à vous ?

– De mon côté, je lui ai tout avoué.

– Vous êtes fou ? Il ne fallait en parler à personne !

– C'était une manière de gagner sa confiance. C'est un drôle de bonhomme, Waldron : pas le genre grosse brute, il est assez psychologue. Je le crois sincère. J'étais présent au moment de la bagarre, et Frémont a vraiment failli le tuer, vous savez...

– Bon, admettons. Poursuivez.

– Frémont récupère régulièrement de grosses sommes en liquide à la frontière suisse. De l'argent de ses associés en Europe de l'Est, qui transite par différentes sociétés à des fins de blanchiment. Dans deux semaines, juste à la veille de mon mariage avec Céline, il y a une nouvelle livraison : j'ai le lieu et l'heure exacte. À chaque fois, il ne récupère jamais moins de cinq cent mille euros. Avec, en prime, des CD comportant des données numérisées, pour sa comptabilité occulte. Voilà.

Léo siffla d'admiration.

– Si ce que vous me décrivez arrive et qu'on le coince, il est cuit. Je vais prendre contact avec mes collègues suisses et organiser l'opération. D'ici là, il ne faut surtout pas – vous m'entendez ? surtout pas ! – que Frémont se doute de quoi que ce soit. Tant qu'on ne l'aura pas pris en flagrant délit, c'est lui qui mène le jeu. Vous ne devez absolument rien faire qui lui mette la puce à l'oreille. Tout doit suivre son cours normal. Est-ce bien clair ?

– Y compris les préparatifs de ce satané mariage, donc..., soupira Vincent.

– Surtout les préparatifs de ce mariage ! Mais n'en faites pas trop non plus. Et toujours pas un mot sur l'opération à vos proches, naturellement.

– Naturellement, mentit Vincent.

– C'est du beau travail : vous avez su saisir la chance quand elle s'est présentée. Maintenant, il faut transformer l'essai. Mais sachez que, jusqu'à la dernière seconde, on ne pourra pas crier victoire. J'ai vu des opérations en béton capoter pour une broutille. Il faut avoir confiance, mais ce n'est pas encore terminé.

– Et si ça foire ?

– On va tout faire pour que ça réussisse. Et là, vous serez le héros du Mistral !

– Je veux juste vivre en paix avec ceux que j'aime.

– Il y a des objectifs plus difficiles... Mais je vous laisse : j'ai du pain sur la planche.

Vincent regarda Léo s'éloigner : jamais il n'avait placé autant d'espoir dans un flic.

Le piège | 13

Astrid Frémont tint parole. Elle emprunta, contre une somme confortable, une échographie à sa femme de ménage et donna la cassette vidéo à Céline en lui renouvelant son conseil de bien jouer la comédie afin de ne pas compromettre son mariage.

Lorsque Céline demanda à Vincent de passer la voir chez elle, il accourut, soucieux d'apaiser les choses, et persuadé qu'elle allait se déchaîner contre sa fille.

– Ninon est sincèrement désolée de ce qui s'est passé. Son comportement est inexcusable, plaida-t-il.

– Ce n'est rien... Je ne t'ai pas demandé de venir pour parler de ça, mais pour te montrer quelque chose.

– Quoi donc ?

– Regarde.

Céline avait soigné la mise en scène. Elle appuya sur le bouton de la télécommande, et aussitôt l'échographie apparut à l'écran. Vincent fut immédiatement fasciné par l'image.

– C'est magique, tu ne trouves pas ? murmura-t-elle.

Il ne répondit pas. Il fixait l'écran avec émotion, lui-même surpris par l'intensité de son trouble. Céline contemplait la scène et réalisa combien sa mère avait été d'un précieux conseil. Pour la première fois depuis longtemps, elle eut l'impression qu'elle avait de nouveau quelque emprise sur Vincent.

De son côté, Charlotte ne cessait de ruminer les risques que présentait l'opération d'infiltration : quoi que prétende Vincent, elle sentait que lui-même avait peur. Elle avait déjà abordé la question avec lui : il avait reconnu qu'en cas d'échec du traquenard monté par Léo il lui faudrait disparaître un moment du quartier du Mistral.

– Mais je suis sûr que Léo arrêtera Frémont, avait-il ajouté. Et là, on sera tous tranquilles pour un moment !

« On se rassure comme on peut », songeait Charlotte. L'idée que Vincent puisse quitter sa vie subitement lui était chaque jour plus insupportable. Aussi prit-elle une décision, et elle se rendit dans une agence de voyages.

Plus tard, elle sonna à la porte du loft. Vincent lui ouvrit : il faisait une drôle de tête.

– Quelque chose ne va pas ? demanda-t-elle.

– Non, non, tout va bien... Entre.

Charlotte pénétra dans le loft et vit, à la télévision, l'image d'un fœtus. Elle comprit aussitôt.

– C'est son échographie ?

– Oui, confirma Vincent.

Il éteignit le poste. Et décida de jouer franc jeu.

– Ça m'a fait vraiment bizarre de voir ça. Tout d'un coup, le bébé n'est plus une idée abstraite, mais un être vivant dont le cœur bat sous tes yeux...

– J'imagine, répondit Charlotte, gênée.

Vincent la considéra un instant et devina ses pensées.

– Charlotte... Je vais avoir un enfant, mais c'est avec toi que je veux partager ma vie, pas avec Céline. Le bébé ne changera rien à ça.

– Mais tu voudras être près de ton enfant, non ?

– Je trouverai un arrangement avec Céline.

– Sauf si l'arrestation de Frémont échoue.

– Charlotte ! Tu n'arrêtes pas de penser à ça ! Mais nous devons y croire.

– Ce que je me demande, c'est si tu vas accepter de quitter Marseille et d'abandonner, d'une certaine manière, ton futur enfant.

– Je doute que le fait d'être le père du bébé que porte Céline puisse amadouer le moins du monde Frémont...

– Et tu le vivras comment ?

– Mal. De la même manière qu'il me sera très difficile d'être loin de toi. C'est pourquoi je refuse d'envisager cette hypothèse.

Charlotte garda le silence un moment puis sortit une enveloppe de son sac, qu'elle tendit à Vincent.

– Qu'est-ce que c'est ?

– Une hypothèse que j'envisage.

Vincent ouvrit l'enveloppe et découvrit... trois billets d'avion pour la Nouvelle-Calédonie, à son nom et à ceux de Charlotte et de Ninon.

– Si vous devez fuir, je pars avec vous. J'ai des contacts là-bas. Je ne pense pas que Frémont pensera à cette destination si on disparaît dans la nature... et, si tout se passe bien, on pourra y aller en vacances : les billets sont valables un an.

– Charlotte, tu es dingue ! Ça t'a coûté une fortune ! Je ne peux pas accepter ! protesta Vincent.

– Si tu refuses, je comprendrai que tu ne veux pas que je vous accompagne.

– Mais au contraire ! Simplement, je ne veux pas que tu...

– Je suis une grande fille, l'interrompit Charlotte. J'ai beaucoup réfléchi, et je sais ce que je fais. Ce n'est ni un sacrifice pour moi, ni un moyen de pression sur toi. C'est mon désir, tout simplement.

Vincent la serra dans ses bras.

– Charlotte, quel beau cadeau... Bien sûr que je veux que tu viennes avec nous... mais en vacances !

– Tu es un incorrigible optimiste.

– J'aimerais que ce soit contagieux : tu serais moins inquiète !

– C'est dans ma nature, s'excusa la jeune femme.

Ce qu'elle ne dit pas à Vincent, c'est que, le matin même, elle avait interrogé les cartes sur son futur proche. Les figures avaient répondu : grave danger.

Le lendemain, Frémont annonça à Vincent « une bonne nouvelle », selon son expression.

– J'ai décidé de vous nommer directeur adjoint de Phénicie. Ce qui veut dire qu'en mon absence, c'est vous qui dirigez la boîte !

– Je suis très flatté ! C'est une surprise. Vous ne m'aviez pas parlé d'une telle... promotion.

– Je suis très satisfait de votre travail. Et de votre discrétion dans les moments délicats. J'ai beaucoup apprécié votre attitude dans le petit différend que j'ai eu avec Waldron...

– Je n'ai rien fait de particulier.

– Suffisamment à mes yeux. Je récompense toujours les gens en qui j'ai confiance : considérez que c'est mon cadeau de mariage ! À ce propos, la veille de la cérémonie, je dois faire un petit aller-retour en Suisse. Vous me remplacerez pour vingt-quatre heures.

– Des instructions particulières ? balbutia Vincent.

– Je vous les transmettrai le moment venu, si nécessaire, répondit Frémont d'un ton mielleux.

– Bien.

– Nous n'avons pas beaucoup parlé de l'organisation de la noce : j'ai réservé le *Restaurant du Golf*, mais j'attends toujours la liste de vos invités.

– À vrai dire, j'envisageais quelque chose de... modeste.

– Je marie ma fille, Vincent, et je compte être à la hauteur de l'événement. Je comprendrais mal que vous le minimisiez. C'est un moment unique dans la vie, non ?

– C'est certain.

– Je savais que nous serions sur la même longueur d'onde.

Cette conversation fit frissonner Vincent : Frémont paraissait si calme, si sûr de lui – comme si rien ni personne ne pouvait contrecarrer ses agissements. Mais ce n'était pas possible, ça devait marcher ! Frémont reviendrait de Suisse les menottes aux poignets.

Les jours précédant la date fatidique du flagrant délit furent un véritable supplice pour Vincent et Charlotte. Il fallait vivre avec un compte à rebours à double détente, selon que l'arrestation serait couronnée de succès ou non. Seule consolation pour l'architecte : il s'était fait à l'idée de la fuite en cas d'échec. Il n'en était plus à une reconversion près et, au moins, il serait alors sûr de ne plus jamais revoir les Frémont...

Ninon, elle, était résolument persuadée de l'heureuse conclusion des événements. Frémont en prison, cela signifiait la fin des expulsions au Mistral, et, comme le mariage n'aurait jamais lieu, elle n'éprouvait même plus de véritable animosité envers Céline. À ce propos, son père lui avait bien expliqué à quel point il était important de simuler le cours normal des choses – sous peine d'alimenter les soupçons de Frémont ou de sa fille. Aussi Ninon décida-t-elle d'aller voir cette dernière pour faire amende honorable. Céline la reçut avec froideur mais, surtout, elle parut surprise de sa démarche.

– Je regrette infiniment mon geste, annonça la jeune fille, et je suis venue vous présenter mes excuses.

– Je ne m'attendais pas à te voir, avoua Céline en retour. Surtout pour ça...

– Je suis aussi venue vous dire que, si vous êtes toujours d'accord, j'accepte d'être votre demoiselle d'honneur. Ou votre témoin. Ou même les deux...

– Je...

– Oh ! Vous êtes encore fâchée, je comprends. Vous pouvez ne pas me répondre tout de suite ; et si vous refusez, je ne vous en voudrai pas ! Je voulais surtout faire la paix avec vous : on ne va pas s'entredéchirer avant le mariage !

– Et... ton père est au courant ?

– Oui, oui ! Enfin... pas tout à fait. Mais il est d'accord, c'est clair !

– Juliette sera mon témoin. Mais je serai ravie que tu sois ma demoiselle, finit par dire Céline sur un ton un peu forcé.

– Moi aussi !

– Pour la tenue, je ne suis pas une forcenée de la tradition, malgré ce que vous avez cru toutes les deux. Au contraire !

– Oh ! Je verrai ça avec Charlotte, pas de problème !

Ceci dit, Ninon abrégea les politesses, et Céline ne la retint pas. Après son départ, celle-ci demeura songeuse : quelle volte-face ! Même si une petite voix intérieure lui susurrait que ce retournement était suspect, elle préféra y voir le signe d'une intervention de Vincent, et de ses efforts pour orienter les choses dans la meilleure direction possible. Mais elle ne serait rassurée qu'une fois le « oui » prononcé devant le maire. Vivement ce moment !

Léo Castaldi avait préparé l'interpellation de Frémont avec soin. L'avocat était influent dans tout Marseille, avait des yeux et des oreilles partout, des appuis politiques, des complices, des amis ou des alliés dans toutes les sphères de la ville... Le policier savait donc que sa hiérarchie ne lui pardonnerait pas le moindre faux-pas, la moindre négligence dans le dossier Frémont. Aussi avait-il totalement verrouillé son opération en demandant des policiers extérieurs à « l'Evêché » et en ne prévenant que ses homologues suisses. Certes, Léo était avant tout un professionnel, mais certaines missions l'excitaient plus que d'autres, et il avait vraiment envie de coincer Frémont, qui incarnait, à ses yeux, l'archétype du vrai voyou – le notable persuadé de son immunité et dénué de tout scrupule.

La police mit donc sur pied la filature de Frémont tout au long de son déplacement en Suisse : il se rendit à Genève, s'arrêta à une banque, passa quelques heures dans un hôtel, puis repartit vers la frontière. À peine passé le poste de contrôle suisse, il se fit stopper alors qu'il se présentait au comptoir de la police française. Léo, entouré de policiers et de douaniers, se présenta à l'avocat.

– Capitaine Castaldi ! lui lança Frémont avec un sourire narquois. Je ne m'attendais pas à vous voir si loin de vos bases ! Je vous dépose à Marseille ?

– Contrôle douanier, monsieur Frémont, répondit calmement Léo. Je vais vous demander de sortir de la voiture et d'ouvrir votre mallette.

– Si vous y tenez...

Il s'exécuta en prenant tout son temps. Il déverrouilla la serrure à code de sa mallette et la présenta solennellement aux douaniers qui se tenaient près de Léo.

– Je vous en prie.

Un agent ouvrit la valise, tandis que Léo retenait son souffle. Sur le dessus, des chemises neuves, sous emballage, signées d'un grand couturier. Le douanier les sortit, ainsi que d'autres vêtements, jusqu'à vider complètement le bagage qu'il retourna dans tous les sens.

– Il n'y a rien d'autre.

– Évidemment, ricana Frémont. Vous vous attendiez à quoi, à des liasses de billets ? Dès qu'on fait un aller-retour en Suisse, on fait obligatoirement du trafic de fonds illicites ? Quel cliché ! Vous allez trop au cinéma, mon vieux. J'achète en Suisse des effets personnels que je ne trouve pas à Marseille, figurez-vous. Il y a une loi contre ça ?

– Fouillez la voiture ! ordonna Léo.

– Vous perdez votre temps, soupira Frémont. D'ailleurs, je signalerai votre zèle à mon ami, le préfet Zamponni... histoire que vous justifiez vos frais de mission.

– Taisez-vous, répondit le policier.

Les douaniers fouillèrent le véhicule de fond en comble, mais sans rien trouver d'autre qu'une boîte de chocolats.

– Un cadeau pour ma fille, précisa Frémont.

– Nous savons que vous n'êtes pas allé en Suisse pour acheter des vêtements ou du chocolat, rétorqua Léo.

– J'espère que vous ne rétribuez pas vos informateurs. Sinon, vous jetez vraiment l'argent du contribuable par la fenêtre.

– Je vous coincerai.

– Pour quelle infraction ? Des pneus lisses ? Si vous voulez me placer en garde à vue, allez-y. Mais j'aimerais, à ce moment-là, prévenir le préfet et le maire de Marseille que le mariage de ma fille, auquel ils doivent assister demain, est reporté à cause de... à cause de quoi, exactement ? Vu l'absence de charges, vous leur expliquerez vous-même...

Léo fixait Frémont avec animosité. Mais s'il s'acharnait maintenant, il risquait fort de se griller définitivement. L'avocat avait provisoirement gagné la partie. Ça faisait mal, mais tous deux le savaient parfaitement.

– Dégagez, lança Léo, contenant sa rage.

– Je ne dirai pas que ce fut un plaisir, conclut Frémont en remontant dans sa voiture.

Léo le regarda partir. Puis il sortit son portable et composa le numéro de Vincent.

Celui-ci débarqua chez Charlotte la mine décomposée. Elle devina très vite qu'il n'apportait pas de bonnes nouvelles.

– L'arrestation a foiré, lui confirma-t-il. Fais tes bagages et ferme la boutique : on part à l'aéroport dans une demi-heure.

– Et Ninon ?

– Je l'ai prévenue au lycée. Elle nous rejoint ici et on file.

Charlotte eut un instant de flottement, puis commença à ranger son atelier en silence, avec des gestes précis et rapides, comme si elle s'était déjà préparée à cette éventualité. Vincent l'interrompit pour la prendre dans ses bras.

– Charlotte... Ce n'est pas juste, pour toi... Tu laisses tout tomber alors qu'on ne reviendra pas avant un bon moment. Tu es sûre de...

– Je t'ai déjà répondu, le coupa Charlotte. Je vous suis sans le moindre regret, sans aucune hésitation. Maintenant, ne me pose plus de questions idiotes – sinon, je ne vais pas avoir le temps de ramasser mes affaires !

– D'accord...

Léo avait par avance approuvé la fuite de Vincent : après l'interpellation, il serait forcément, dans l'esprit de Frémont, le suspect numéro un. Mieux valait donc déguerpir au plus vite. Le policier était par ailleurs persuadé que, dans les semaines ou les mois à venir, il coincerait l'avocat : Vincent pourrait alors revenir, s'il le souhaitait encore...

Une demi-heure passa. Puis trois quarts d'heure. Puis une heure... Et Ninon n'apparaissait pas. Vincent tenta de la joindre sur son portable à plusieurs reprises, mais tombait systématiquement sur la messagerie.

– Qu'est-ce qu'elle fout, nom de Dieu ? Elle devrait être là depuis un moment !

– Ne t'inquiète pas, tempéra Charlotte. Peut-être qu'il y a des problèmes dans les transports en commun ; ou alors, elle a voulu dire au revoir à ses copains : c'est normal, tu ne lui as laissé le temps de rien...

– Mais on n'a pas le temps ! Frémont est un joueur redoutable. Je ne l'imagine pas en train de rentrer tranquillement sur Marseille en se disant : « C'est quand même bizarre, cette histoire, il faudra que j'en touche deux mots à Vincent demain, après le mariage... » C'est pas son genre !

– Il ne va pas nous envoyer des tueurs non plus ! On est au Mistral, là !

– Non, bien sûr, mais je serai plus tranquille quand on sera dans l'avion.

– Ninon ne va pas tarder, je suis sûre.

– Je vais essayer de joindre ses amis.

Vincent appela Mirta puis François Marci, qui lui donnèrent les numéros de portable de Rudy et Lucas. Tous deux étaient sur messagerie. Restait Juliette Frémont. Charlotte, ayant confectionné sa tenue pour le mariage, avait ses coordonnées, et l'appela sous ce prétexte – c'était plus naturel qu'un appel de Vincent. Celui-ci regarda de nouveau l'heure : presque quatre heures qu'ils attendaient Ninon...

– Bonjour, Juliette, c'est Charlotte. Ça va ? Je voulais juste te demander si les boutons du rabat à l'épaule tenaient bien. Quand on a fait l'essayage, ils étaient un peu lâches, et avec tout le travail pour ta sœur, j'ai peur d'avoir oublié de les renforcer... Pas de problème ? Bon, tant mieux. À part ça, Ninon ne serait pas à tes côtés, par hasard ? J'ai aussi un truc à lui demander. Non... Ah... D'accord. Bon, salut. À demain, oui.

– Qu'est-ce qu'elle t'a dit ?

– Ninon a quitté précipitamment le lycée il y a plus de trois heures. Au moment où tu l'as appelée, apparemment.

– Mais où est-elle passée, merde !

– Appelle Léo, non ?

– Il est sur le chemin du retour : je ne vois pas ce qu'il peut faire. Je vais essayer de la rappeler encore une fois.

Et Vincent composa à nouveau le numéro de sa fille. Son visage s'illumina.

– Ça sonne ! Elle n'est plus sur messagerie !

À l'autre bout, on décrocha. Vincent ne laissa même pas le temps de dire « allô ».

– Ninon, il faut que tu fonces chez Charlotte, tout de suite ! On t'attend pour filer à l'aéroport ! Tu n'as pas eu mes messages ?

– Je crains que non, répondit... Charles Frémont.

Vincent sentit ses cheveux se dresser sur sa tête.

– Qu'est-ce que vous avez fait à ma fille ? demanda-t-il d'une voix blanche.

– Rien, pourquoi ? Vous voulez lui parler ? Elle est à mes côtés.

– Papa..., gémit Ninon.

– Ninon ! Tu vas bien ?

– Je vais bien, on ne me fait pas de mal. Je suis désolée : je suis partie aussitôt, mais ils m'ont...

Frémont reprit l'appareil.

– Fini, la causette. Vous voyez, votre fille est en parfaite santé.

– Ordure ! Vous touchez à un cheveu de sa tête, et je vous égorge de mes propres mains !

– Décidément, les uns et les autres, vous allez trop au cinéma, répondit Frémont. Pourquoi penser tout de suite à un bain de sang ? Je ne suis pas un criminel ! J'ai juste pris une petite assurance personnelle...

– Qu'est-ce que vous attendez de moi ?

– Rien. Je tiens juste à vous dire deux mots demain, après le mariage.

– Pardon ? Vincent était abasourdi.

– J'ai cru comprendre que vous aviez l'intention de nous faire faux bond. C'est une maladie, chez vous : le réveillon de Noël, et maintenant, le mariage. Vous n'avez pas peur de vous montrer offensant ? C'est très pénible...

– Arrêtez votre ironie et allez droit au but.

– C'est très simple : vous venez à la mairie, vous épousez ma fille, et vous retrouvez la vôtre juste après la cérémonie. Si vous vous défilez, ou si vous prévenez la police, Ninon subira un préjudice extrême, comme disent les Américains : elle se fera renverser par une voiture qui prendra la fuite. Ça arrive tous les jours... Et croyez bien qu'on n'établira jamais de lien entre ce chauffard et moi.

– Vous êtes un malade...

– À demain, Vincent. Et, s'il vous plaît, ayez une allure décente : on ne se marie pas tous les jours...

Frémont raccrocha. Vincent regarda Charlotte avec un mélange de peur et de rage contenue.

– Frémont a kidnappé Ninon, résuma-t-il. Si je n'épouse pas Céline, il la tue.

– Il faut prévenir Léo tout de suite ! répondit Charlotte.

– Non : ce serait mettre la vie de Ninon en danger. Je ne peux pas prendre ce risque.

– Mais il doit y avoir une solution !

– Non, Charlotte. Il n'y a pas de solution.

– Mais enfin, il bluffe ! Il ne va tout de même pas tuer Ninon ! Il existe forcément un moyen de le coincer ! Si tu cèdes, vous serez à sa merci pour toujours...

Vincent acquiesça en silence.

– Je ferais mieux de rentrer, répondit-il. C'est certainement mieux qu'on ne se voie pas pendant quelque temps...

Charlotte le retint par le bras.

– Vincent... Je devais partir avec toi ; ce n'est pas pour t'abandonner maintenant. Quoi que tu fasses demain, je serai là pour toi.

– On aurait pu avoir une vie heureuse, les uns et les autres. Tout ce qui arrive est de ma faute. Je ne crois pas que notre relation ait un avenir dans l'immédiat, et je refuse de te rendre malheureuse. Tu m'as déjà beaucoup donné, mais moi, je ne peux rien te donner en retour pour le moment. Tu comprends ?

– Tu me repousses ?

– Non, Charlotte. Je te mets à l'abri, c'est tout.

Et Vincent l'étreignit, avec le sentiment terrible qu'il la serrait dans ses bras pour la dernière fois.

Le lendemain, alors que les invités s'agglutinaient dans la salle des fêtes de la mairie, Céline se sentait vaciller : elle ne voyait pas arriver Vincent. Juliette aussi était inquiète : elle avait essayé de joindre Ninon à plusieurs reprises, mais sans succès. Astrid Frémont poussait de grands soupirs d'exaspération, et son mari affichait un visage fermé, comme si ses pensées étaient ailleurs. Un adjoint vint discrètement à sa rencontre.

– Monsieur le maire souhaiterait savoir si nous avons un vrai problème, ou s'il s'agit juste d'un retard un peu... important.

– Je n'en sais pas plus que vous, répondit Frémont. J'imagine que le marié a dû avoir un contretemps, tout simplement.

On attendit encore un peu. Un murmure de plus en plus fort parcourait l'assistance, le visage de Céline se décomposait davantage, et le maire fit signe à Frémont qu'il ne pouvait plus vraiment attendre... Le notable s'isola un peu, sortit son portable et composa un numéro. On décrocha.

– L'oiseau nous fait faux bond, dit-il. Il faut se débarrasser de son poussin.

Au même moment, Vincent fit son apparition dans la salle. Il jeta un coup d'œil à Frémont puis vint se placer aux côtés de Céline, sans prononcer un mot.

– Ne faites rien, finalement, dit Frémont à son interlocuteur à l'autre bout du fil. Et attendez mes instructions.

Après avoir gentiment réprimandé Vincent, le maire se lança dans son petit discours protocolaire, puis en vint à la lecture des articles du Code civil, avant d'aborder la question fatidique. Il se tourna vers Céline :

– Céline Frémont, voulez-vous prendre pour époux Vincent Chaumette, ici présent ?

– Oui, répondit-elle sans hésiter.

Puis il se tourna vers Vincent :

– Vincent Chaumette, acceptez-vous de prendre Céline Frémont, ici présente, pour épouse ?

Il ne répondit pas tout de suite, se tourna en direction de Frémont et soutint son regard. Céline sentit son cœur s'arrêter de battre.

– Oui..., murmura-t-il aussi, presque inaudible.

Mais le maire n'en demanda pas davantage, pressé qu'il était d'en finir.

– Je vous déclare donc unis par les liens du mariage. Félicitations.

Frémont reprit son portable :

– C'est fait. Amenez-la.

Il raccrocha, et fut le premier à applaudir. Les invités se précipitèrent alors pour féliciter les mariés – surtout Céline. Dehors, on entendit crisser les pneus d'une voiture qui démarrait en trombe. Vincent s'approcha de Frémont.

– Je vous préviens, si vous ne tenez pas parole...

– Félicitations, mon gendre ! répondit Frémont. Détendez-vous, tout se passe bien ! Vous pourriez au moins embrasser la mariée !

Vincent se dirigea vers Céline sous le regard des invités qui, effectivement, trouvaient curieux l'absence du baiser traditionnel. Il se pencha vers elle et l'embrassa furtivement, au moment même où Ninon faisait irruption dans la salle. Aussitôt, il prit sa fille dans ses bras.

– Ninon, ma chérie, ça va ? J'ai eu tellement peur...

– Moi aussi, mais ça va...

Elle se détacha de l'étreinte de son père et considéra Céline dans sa robe de mariée.

– Qu'est-ce qu'on va faire, maintenant ? dit-elle d'une voix blanche.

– Je ne sais pas, mais on va s'en sortir...

Au moment où les invités s'ébranlaient pour gagner la réception au *Restaurant du Golf*, Frémont prit Vincent en aparté.

– J'ai deux mots à vous dire. Vous vous souvenez ?

– Je ne vous pardonnerai pas d'avoir joué avec la vie de ma fille.

– Il vaudra mieux, Vincent : vous faites quoi que ce soit qui nuise à mes intérêts, et c'est Ninon qui trinque. Je sais que c'est Waldron qui vous a donné le tuyau. À propos, il a eu un petit accident en rentrant aux États-Unis : le pauvre va finir sur une chaise roulante... Enfin, vous auriez dû deviner que, si j'avais divulgué pareille information à quelqu'un comme lui, c'était bien pour créer un écran de fumée ! Pour masquer les vraies opérations particulières que Phénicie peut être amenée à faire... Je ne sais pas pourquoi vous êtes allé voir la police. Enfin, ce que j'essaie de vous faire comprendre, c'est que désormais vous êtes lié à moi. Vous êtes mon gendre et mon adjoint : si demain, je tombe, vous tombez avec moi, Vincent. C'est inévitable...

– Je n'ai rien à voir avec vous.

– Le temps vous prouvera le contraire. Mais allons-y : il serait incorrect de faire attendre nos invités. J'ai horreur des gens en retard. Il faudra faire un petit effort de ce côté-là : c'est votre point faible...

Pendant la réception, Ninon se réfugia chez Charlotte. Toutes deux avaient besoin de se soutenir, et Ninon avait, en plus, une requête à formuler.

– Céline va s'installer chez mon père dès ce soir. Je ne peux pas rester sous le même toit qu'elle, et je voulais savoir si...

– Tu es la bienvenue, le temps que tu voudras, l'interrompit Charlotte.

– Merci !

– Je pense que nous avons besoin d'être ensemble, tu sais : les jours à venir vont être très difficiles pour toutes les deux.

– Papa et toi, vous allez... vous voir ?

– Je ne crois pas. Ton père refuse de me voir en secret, de mener une double vie. Je l'aurais accepté, parce que nous nous aimons... mais c'est son choix. Et ce sera trop pénible pour moi de le voir comme si nous ne ressentions rien l'un pour l'autre.

– Mais c'est dégueulasse ! Papa n'aimera jamais Céline, j'en suis sûre. Et vous allez souffrir chacun de votre côté, comme ça, pendant des années !

– Même si, à l'heure qu'il est, il n'y a pas de solution, il faut espérer...

– Mais espérer quoi ?

– Je ne sais pas. La roue tourne... En attendant, il faut être forte et tenir le coup. Il faut y croire.

– Je ne crois plus en grand-chose. Je suis trop dégoûtée.

– Ninon, pour nous, c'est dur ; mais pense à ce que va subir Vincent au quotidien...

– Je préfère pas : ça va être l'horreur !

Un peu plus tard, les deux femmes virent la lumière du loft s'allumer : certainement le retour de Vincent et Céline. Elles échangèrent un regard. Toutes deux pensaient à la même chose : que se passait-t-il exactement là-bas ?

À peine débarquée dans l'appartement de Vincent avec tous ses bagages, Céline se lança dans de grandes proclamations d'affection.

– Il faut que tu me parles de tes habitudes. Je ne veux rien brusquer ; je veux faire tout ce qu'il faut pour que tu te sentes bien. Je suis si heureuse ! Nous repartons à zéro – et je te promets, mon chéri, que je vais faire de toi le mari le plus choyé de la Terre !

– Assieds-toi, Céline. Il faut que nous parlions.

Elle s'exécuta, docile.

– Je vais être brutal, mais autant que les choses soient claires maintenant. Je ne t'aime pas. Je ne t'aimerai jamais. Je t'ai épousée contraint et forcé.

– Qu'est-ce que tu racontes ? C'est toi même qui...

– Ne m'interromps pas. Ton père m'a obligé et, crois-moi, il a employé les grands moyens. Je suis peut-être ton mari, mais tu n'auras jamais la moindre petite place dans mon cœur. Naturellement, je ne te toucherai jamais : ne songe même pas à m'approcher. Jamais, tu m'entends, jamais je ne coucherai avec toi. D'ailleurs, nous ne ferons absolument rien ensemble : nous ne partagerons pas les mêmes repas, nous n'irons ni au restaurant, ni au cinéma, ni même faire des courses côte à côte. À partir de maintenant, tu es une étrangère dans ma vie et dans cette maison. Le seul lien que tu as avec moi pousse dans ton ventre. Je serai là le jour de l'accouchement, je te tiendrai la main s'il le faut, et ce sera probablement la seule fois... Tu dormiras dans ma chambre, je l'ai vidée exprès, et moi je prendrai celle de Ninon. Nous avons chacun notre salle de bains : pas de problème de ce côté-là. Je t'ai fait un double des clés. Demain, ne m'attends pas pour déjeuner ni pour dîner. Je te laisse. Bonne nuit.

– Mais, Vincent... Tu ne penses pas ce que tu dis ?

Il la fixa avec un regard d'une dureté implacable. La jeune femme en fut tétanisée. Elle voulut protester, plaider sa cause, le supplier, tout à la fois, mais aucun mot ne sortit de sa gorge. Vincent n'eut rien besoin d'ajouter. Il entra dans la chambre de Ninon. Céline entendit une clé qui fermait la serrure. À double tour.

Astrid | 14

Céline ne dormit pas de la nuit. Ou plutôt, elle eut le sentiment de vivre un cauchemar – et, jusqu'au bout, elle espéra qu'il s'évanouirait au matin. Elle se leva en s'accrochant à cet espoir et prépara un petit-déjeuner pour Vincent et pour elle-même : le réveil allait le faire revenir sur ses propos, ce n'était pas possible autrement ; la veille, il avait dû parler sous le coup de l'émotion, d'une colère certes injuste, mais qu'elle pouvait confusément comprendre.

Il se chargea de détruire ses derniers espoirs quand elle lui demanda d'une voix soumise s'il préférait prendre du thé ou du café.

– Tu n'as pas compris ce que je t'ai dit hier ? Je ne prendrai jamais de petit-déjeuner avec toi : ne te fatigue pas à essayer de m'amadouer.

– Pourquoi es-tu si... dur ? Laisse-moi essayer. Je suis ta femme, quand même...

– Je n'ai rien à ajouter.

Et Vincent claqua la porte du loft en laissant Céline, complètement désemparée, au milieu de la cuisine. Le cauchemar continuait bel et bien.

Son petit-déjeuner, Vincent le prit avec Léo qui tenta de l'encourager.

– Frémont nous a eus une fois, il ne nous aura pas deux : on finira par le coincer ! Ne l'écoutez pas : vous finirez par trouver une faille dans son système et, quand nous le tiendrons, il ne pourra plus rien contre vous.

– Je ne ferai rien qui puisse mettre en danger ma fille. Je suis désolé, Léo, mais ne comptez plus sur moi.

– Vous êtes mon seul moyen de faire tomber Frémont, insista le policier. Ne baissez pas les bras !

– J'ai bien réfléchi. Je ne reviendrai pas sur ma décision.

– Bon. Si, toutefois, vous avez besoin de me parler, vous pouvez m'appeler à n'importe quelle heure du jour ou de la nuit. D'accord ?

– Je sais. Merci, Léo.

– Ne vous punissez pas, Vincent. Vous ne méritez pas ça…

« Oh que si… », pensa-t-il pourtant en regardant Léo s'éloigner.

La victoire de Frémont lui avait donné des ailes. Il se sentait tout-puissant et, du coup, bien décidé à remporter la dernière manche qui faisait défaut à son palmarès : Luna. Il se rendit sans prévenir à son appartement, et à peine avait-elle ouvert la porte qu'il tenta de l'embrasser.

– Charles ! Arrêtez ! Ça ne vous ressemble pas…

Frémont s'exécuta, puis considéra la jeune femme avec un air de chien battu.

– Je n'en peux plus d'attendre, Luna. Pourquoi vous

refuser à moi ? N'ai-je pas été délicat et attentionné avec vous ?

– Ce n'est pas la question. Je vous l'ai déjà dit, je ne serai jamais votre maîtresse. Vous devez vous contenter de mon amitié.

– Eh bien non, justement, je ne m'en contente plus !

Frémont avait haussé la voix. Luna sentit bien qu'elle devait changer de stratégie, lâcher du lest, lui laisser entrevoir une possibilité – sinon, il ne se contenterait plus de ses belles paroles.

– Ou alors..., commença-t-elle.

– Ou alors ?

– Je crois en certaines choses, Charles. Une relation sérieuse exige un engagement, une preuve qu'il ne s'agit pas d'une passade sans lendemain...

– Je suis prêt à vous donner toutes les preuves que vous voudrez ! Vous savez bien que mes intentions sont sérieuses !

– Épousez-moi, alors.

– Je vous rappelle qu'hélas je suis déjà marié...

– Ce n'est pas mon problème. Si vous m'épousez, je serai à vous, totalement.

– Vraiment ?

– Ça se passe comme ça entre mari et femme, non ?

Luna vit qu'elle avait visé juste : Frémont était perdu dans ses pensées. S'il marchait, elle était tranquille pour un moment. Le temps qu'il affronte sa femme, qu'ils parlent du divorce... Quand bien même Astrid l'accepterait, elle avait plusieurs mois devant elle – le temps que le spectacle se monte et se joue, et après, elle volerait de ses propres ailes, loin de lui...

– Nous en reparlerons au plus vite, se contenta de répondre Frémont, avant de repartir comme si l'affaire devait s'engager d'urgence.

« Me voilà tranquille pour un moment », souffla Luna.

Mais l'actrice était loin d'imaginer qu'en bottant ainsi en touche, elle avait en fait allumé un incendie dans le cerveau de son prétendant, qui se répandait à une vitesse dévastatrice. Obsédé par Luna, malade de ne pas la posséder, Frémont n'eut plus qu'une idée en tête : il lui fallait se libérer d'Astrid, et le plus rapidement possible. Il l'invita à déjeuner dans son restaurant préféré et commença par la complimenter à tout propos. Astrid ouvrit de grands yeux.

– Tu m'invites ici pour la première fois depuis des années, tu me flattes comme aux premiers temps de notre mariage... Qu'est-ce qui se passe ? Tu n'as pas quelque chose de grave à m'annoncer ? Tu n'es pas malade ?

– Non, non ! Rien de tout ça, je te rassure ! Je voulais simplement te faire part de quelques réflexions qui, depuis quelque temps, m'ont amené à penser à notre avenir sous une forme nouvelle.

– Je t'écoute.

– Je sais que je n'ai pas été un mari exemplaire – même si je n'ai rien fait qui puisse te porter préjudice, et que j'ai toujours veillé, tu en conviendras, à ce que nos rapports soient faits de respect mutuel, à défaut de la tendresse originelle qui s'est émoussée avec le temps...

– J'aimerais autant que tu ne te lances pas dans une plaidoirie et que tu ailles droit au but. Tu ne m'as pas invitée ici pour qu'on fasse le bilan de notre vie de couple ? Enfin, de sa faillite, plutôt !

– Si, en quelque sorte. Certes, je trouve le mot « faillite » un peu... déplaisant. Mais puisque tu l'utilises, je vais me l'approprier pour illustrer mon propos. En cas de faillite, on liquide une affaire pour repartir sur des bases saines vers d'autres projets. Eh bien, c'est ce que je te propose : que nous nous rendions mutuellement notre liberté. Notre mariage n'a plus de raison d'être. Repartons chacun de notre côté ! Nous nous sentirons plus légers l'un envers l'autre pour mener une autre vie, si nécessaire. Qu'en penses-tu ?

– Je ne sais pas... C'est si soudain ! Nous menons déjà une vie assez autonome l'un par rapport à l'autre. Il y a longtemps que j'ai renoncé à te reprocher tes aventures... Notre mariage est peut-être un échec, mais nous nous en sommes accommodés. Nous n'avions jamais parlé de divorce jusqu'à présent.

– Je le sais parfaitement. Mais ça paraît la solution la plus logique, non ? Si nous y consentons mutuellement, la procédure sera plus rapide et, pour ma part, je faciliterai les choses au maximum. Sur le plan matériel, je veux dire.

– Mais pourquoi maintenant ? Quelle est l'urgence ? Tu as quelqu'un que tu voudrais épouser ?

– Astrid ! Je te l'ai dit : c'est le fruit d'une longue réflexion. Ne me réponds pas maintenant, mais reparlons-en dans les prochains jours. D'accord ?

– Excuse-moi un instant, tu veux bien ?

Astrid quitta la table pour se rendre aux toilettes. Quel que soit l'état de leur mariage, elle ne s'attendait pas à une telle demande, et se sentit en proie à des sentiments contradictoires. Certes, les arguments de Charles étaient recevables : leur mariage n'était plus qu'une façade depuis bien longtemps. Mais son intuition lui disait qu'il y avait autre chose en jeu : elle avait clairement senti comme une frénésie chez son mari, une urgence. Et, chez un homme, cela signifie, la plupart du temps, qu'il y a une femme à l'origine de cette fébrilité...

Ninon et Rudy se retrouvèrent au *Bar du Mistral*. Les accidents successifs intervenus dans la vie de la jeune fille l'avaient amenée à relativiser sa rancune pour son ancien petit ami. Sans pour autant le regarder avec tendresse, elle le considérait désormais avec une sorte de neutralité. Et surtout, depuis qu'elle sortait avec Driss, il lui avait été beaucoup plus facile de tourner la page.

Driss était en effet revenu vers Ninon – d'abord timidement, poussé par le désir de mieux la connaître. Plutôt que de réagir avec amour-propre et de le rejeter, elle avait joué le jeu. Leur complicité, d'abord amicale, avait permis au jeune homme de sauter le pas : l'estime qu'il ressentait pour Ninon avait libéré son désir, comme il l'avait reconnu. Par souci de préserver leur relation, ils avaient tous deux décidé de se montrer discrets dans un premier temps... même si personne, au Mistral, n'était dupe.

Rudy savait très bien que Ninon sortait avec Driss, mais avait décidé de faire comme s'il n'en était rien. De toute manière, il faisait le pari secret que ça ne durerait pas...

Dans l'immédiat, une sorte d'accablement vis-à-vis des adultes en général, et de leurs parents en particulier, réunissait bel et bien les deux ex.

– Je ne m'imaginais pas, en arrivant à Marseille, que quelques mois plus tard mon père serait marié et futur père pour la seconde fois de sa vie...

– Et dire que moi, j'ai failli partir en Argentine avec ma mère !

– Comment ça se passe avec elle, maintenant ?

– On ne se voit pas beaucoup...

– Tu t'es réconcilié avec Lucas, mais tu es incapable de pardonner à Luna ? demanda Ninon sur un ton de reproche.

– Tu es mal placée pour me faire la morale en matière de pardon, répliqua Rudy avec un sourire triste.

– Bon, d'accord... Mais tu devrais quand même faire la paix avec elle un jour ou l'autre. Au moins ça...

– Je ne lui en veux plus vraiment... mais elle est un peu une étrangère pour moi, maintenant.

– Tu ne devrais pas mettre ta mère de côté comme ça !

Moi aussi, j'ai détesté mon père, tu le sais, il n'y a pas si longtemps. Mais maintenant je m'en veux : j'aimerais être près de lui, heureuse avec lui. Tu ne sais pas ce que la vie te réserve : faut pas renier ses parents !

– Merci pour le sermon !

– C'est pas un sermon, Rudy. Tu fais ce que tu veux, c'est ta vie. C'est juste un conseil d'amie.

– Un conseil d'amie ?

– D'amie, oui.

Bien qu'il n'en laisse rien paraître, Rudy se dit que Ninon avait frappé juste : il avait envie de tourner la page, d'avoir enfin des rapports détendus avec sa mère ; mais, partagé entre la gêne, l'orgueil et la pudeur, il ne savait pas comment s'y prendre.

Vincent regagna le loft assez tard. Il avait dîné seul dans un restaurant de couscous et traîné dans les rues sans but particulier, juste pour retarder son retour. Il fallait tenir : à la longue, Céline se lasserait de la situation et partirait. Il devait juste ne pas craquer...

À peine entré chez lui, il la découvrit à moitié vautrée sur le canapé, une bouteille de rhum presque vide devant elle.

– Le retour du guerrier..., balbutia-t-elle. Alors, soldat, on a fait le tour du port en quête d'une petite gâterie ? Parce qu'ici la boutique est fermée, je vous préviens. Puisque vous ne voulez pas de la marchandise...

– Tu t'es vue ? répondit durement Vincent. Tu es pathétique... Et tu attends un bébé, je te le rappelle ! Je ne veux plus te voir dans un état pareil.

Céline regarda Vincent et éclata de rire.

– Qu'est-ce qu'il y a de si drôle ?

– Tu prends un ton si solennel, si imbu de ton rôle de père !

– Tu me pardonneras de prendre la naissance de mon enfant au sérieux...

– Il n'y a plus d'enfant, mon pauvre Vincent !

– Qu'est-ce que tu racontes ?

– Je l'ai perdu il y a quinze jours, quand ton horreur de fille m'a fait tomber à l'eau.

– Quoi ? Et tu ne m'as rien dit ?

– Je ne voulais pas te perdre, Vincent... Et je pensais qu'avec le bébé j'avais une chance de te garder...

– Mais tu es folle ! Puisque tu l'avais perdu, comment as-tu pu imaginer un scénario pareil ?

– Je pensais te le cacher et, avec un peu de chance, je serais rapidement retombée enceinte... Je croyais que, même si tu ne m'aimais pas vraiment, tu me désirerais encore...

– Tu as eu tort !

– Tort de t'aimer... Est-ce un crime ?

– Tu m'as menti, manipulé ! Tu ne vaux pas mieux que ton père. Jusqu'ici, je ne t'aimais pas, mais je respectais la mère de mon futur enfant. Maintenant, je te méprise jusqu'au plus profond de moi...

– Tu peux t'acharner contre moi : ça ne changera rien.

– Je ne m'acharne pas. Tu n'existes plus pour moi.

Vincent s'enferma dans la chambre de Ninon. Ce qu'il venait d'apprendre le soulageait, d'une certaine manière : désormais, il n'avait plus aucun lien avec les Frémont, si ce n'est la menace qui planait sur sa fille. Il se jura de consacrer tout son temps à trouver un moyen de la soustraire à ce danger. Frémont devait bien avoir un talon d'Achille, et il s'emploierait à le trouver – jusqu'à la fin de ses jours, s'il le fallait.

Rudy avait beaucoup médité sa conversation avec Ninon et avait fini par se résoudre à aller voir sa mère. Comme chacun espérait de l'autre un premier pas vers la réconciliation, mais sans oser le formuler ouvertement, tous deux firent leur maximum pour gommer les aspérités qui risquaient de faire déraper la rencontre. En fait, ils passèrent même un très bon moment – le meilleur depuis longtemps...

– En tout cas, j'espère vraiment que ta pièce va cartonner, dit Rudy avec sincérité. Je ferai tout pour ramener du monde.

– Je ne suis pas sûre que ça passionne les gens de ta génération : il n'y a pas de musique, pas d'effets spéciaux, et on parle en alexandrins !

– Maman ! On n'est pas tous des bourrins avec une console de jeux à la place du cerveau !

– C'est vrai. Je parle comme une vieille conne...

Tous deux rigolèrent. Mais on sonna à la porte. Luna alla ouvrir et eut la surprise de voir... Astrid Frémont.

– C'est donc vous..., lâcha cette dernière en guise de salutation.

– À qui ai-je l'honneur ? demanda froidement Luna.

– Ne jouez pas la comédie : vous savez très bien qui je suis. C'est donc ici que mon mari vous entretient ?

– Il ne s'agit pas du tout de ça !

Rudy observait en silence la confrontation entre les deux femmes.

– Ah non ? Cet appartement appartient à Phénicie, dont je suis également propriétaire, au même titre que mon mari. Vous n'émargez pas sur la liste de nos locataires, que je sache.

– Pas encore. Votre mari m'a proposé ce logement, étant entendu que je lui verserai un loyer prochainement. Je suis en attente de mon premier salaire et...

– Ne vous fatiguez pas, coupa Astrid. Vous me prenez pour une idiote ? Vous êtes la pétasse de mon mari, point final.

– Je ne vous permets pas de dire une chose pareille !

– Je me passe de votre permission. Mon mari a eu son lot

de maîtresses, je le sais depuis longtemps ; mais, après s'être soulagé, il les jetait comme des Kleenex : rien qui puisse m'inquiéter... À cause de vous, il me demande le divorce. Je vous le dis en face : je ne me laisserai pas détrôner par une poule entretenue. Vous avez vingt-quatre heures pour quitter les lieux.

– Moi, je me tire, décréta alors Rudy.

– Non, Rudy ! Attends, je vais t'expliquer !

– Laisse tomber, maman. Il n'y a rien à expliquer : c'est très clair...

Rudy partit en courant sans laisser le temps à Luna de le rattraper. Elle se tourna vers Astrid.

– Espèce de vieille salope ! Vous avez vu ce que vous avez fait ? Vous êtes contente ?

– Ça, il fallait y penser avant de faire la pute...

Luna gifla Astrid. Celle-ci ne riposta pas, mais la fixa d'un regard glacial.

– Attention : vous ne savez pas de quoi je suis capable, lâcha-t-elle avant de lui tourner le dos et de repartir.

Luna ne put s'empêcher de trembler. Elle composa aussitôt le numéro de Frémont...

Il devint fou de rage lorsqu'elle lui relata la visite surprise de sa femme. Luna ne voulait pas se retrouver en plein champ de tir et envisageait même de quitter Marseille au plus tôt.

– C'est hors de question, trancha Frémont. Vous n'allez pas fuir devant cette sorcière !

– Ce n'est pas vous qui allez avoir affaire à elle ! Je n'ai pas envie d'avoir des problèmes.

– Il ne vous arrivera rien, je vous le jure.

– Soyez lucide, Charles : après ce qui s'est passé, elle ne divorcera jamais.

– Luna, il faut me faire confiance. J'ai juste besoin d'un peu de temps. Laissez-moi arranger les choses à ma manière. Tout va bien se passer.

– Et vous comptez faire comment pour résoudre ce problème ? Je crains que, pour le coup, vous ne soyez démuni…

– Quand on ne peut pas résoudre un problème, on l'élimine.

– Que voulez-vous dire ? Luna frissonna.

– Je ne suis pas homme à s'arrêter aux obstacles ! Il faut se donner les moyens de parvenir à ses buts, surtout quand le bonheur est en jeu.

– Charles, vous n'allez pas…

– Je ne vais rien faire qui mérite de vous inquiéter. C'est clair ? Ne bougez pas, faites-moi confiance et, d'ici très peu de temps, ce problème ne sera qu'un très lointain et mauvais souvenir…

Au ton de sa voix, Luna comprit que Frémont venait, dans sa tête, de franchir la ligne jaune. Elle appela donc Vincent et lui raconta dans le détail sa conversation.

– C'est de ma faute, conclut-elle. Je n'aurais jamais dû lui proposer de m'épouser. Je pensais gagner du temps, et il a disjoncté…

– Frémont est un malade dangereux. Je vais voir ce que je peux faire.

– Peut-être que je devrais en parler à Léo, non ?

– Pas tout de suite. Pour l'instant, nous n'avons rien contre lui et, s'il l'apprend, il va te le faire payer cher. Non. Ne fais rien et attends que je te rappelle…

– Merci, Vincent. Je ne savais pas à qui me confier.

– Tu as bien fait…

Alarmé par les propos de Luna, Vincent tenta d'alerter Céline. Il lui exposa froidement les faits : la relation que Frémont entretenait avec Luna, sa proposition de mariage, la visite d'Astrid et la réaction de son mari… Céline écouta distraitement et réagit dans un mélange d'ironie et de ricanement.

– C'est tout ce que tu as trouvé de mieux pour te venger ? Tu veux mettre le feu à ma famille, nous monter les uns contre les autres, c'est ça ?

– Je m'en fous, de ta famille ! Ton père est capable du pire. Tu refuses de l'admettre, mais je t'assure que tu ferais mieux de me croire !

– Que tu me méprises, c'est déjà assez dur à vivre. Mais qu'en plus tu t'attaques à ma famille, avec des histoires de menaces et de complot, c'est ridicule !

– Okay, laisse tomber. Il capitulait.

– Et je te défends de te mêler des affaires de mes parents. Pour qui te prends-tu ?

– Pour leur gendre, non ? ironisa Vincent avant de battre en retraite.

Après cette confrontation infructueuse, Vincent se rendit directement auprès d'Astrid. Il savait qu'il risquait gros : si jamais Frémont avait vent de sa visite... Mais il lui était impossible d'imaginer ne pas mettre en garde cette femme contre son mari. Il lui rapporta donc la conversation entre Frémont et Luna et, pour donner du crédit à son propos, avoua comment Céline avait fait l'objet du chantage du mariage. Contrairement à sa fille, Astrid prit l'intervention de Vincent au sérieux.

– Je ne me fais aucune illusion sur les turpitudes de mon mari, mais j'ignorais qu'il avait utilisé un moyen de pression pour forcer votre mariage. Comment trouvez-vous Céline, à ce propos ?

– Mal. Madame Frémont, j'ai appris qu'elle avait perdu son bébé. Je ne l'aime pas. Je l'ai épousée pour protéger ma fille. Ce mariage est une supercherie.

– Alors, il serait peut-être bon d'arrêter les frais, non ?

– Je crains que votre mari ne l'entende pas de cette oreille. Et, pour revenir à lui...

– Pour revenir à lui, l'interrompit Astrid, mon mari est capable de beaucoup de choses, mais pas de me faire du mal. Ça fait partie de ses limites. Même si cela peut vous surprendre, nous respectons une certaine forme de loyauté entre nous.

– Avouez que ses propos sont inquiétants !

– Il n'a pas supporté que je rende visite à sa poule. Nos relations sont un peu tendues en ce moment, c'est certain, mais nous avons l'habitude des rapports de force.

Astrid se leva, signifiant que l'entretien était terminé.

– Je suis sensible à votre démarche, Vincent. Naturellement, tout cela restera entre nous.

– Je vous remercie. Mais soyez prudente quand même...

– N'ayez crainte : le jour n'est pas arrivé où mon mari me fera peur !

Astrid raccompagna Vincent jusqu'au perron de la maison. Ils se serrèrent la main. C'était une journée magnifique, et madame Frémont s'attarda dehors un instant, tandis que l'architecte regagnait sa voiture à quelques mètres de là. Soudain, un bruit de moteur rugissant se fit entendre : une moto jaillit du bout de la rue, montée par deux personnes. Vincent se tourna machinalement vers l'engin et remarqua que le motard derrière le pilote sortait quelque chose de son blouson – un objet noir et lisse, comme un...

Il se précipita sur Astrid et la poussa derrière la haie qui garnissait l'entrée de la maison au moment où la moto passait devant eux. Deux détonations se firent entendre au moment où ils touchaient terre. La vitre de la porte d'entrée vola en éclats.

– Ne bougez pas ! ordonna Vincent.

Ils attendirent quelques instants. La moto s'éloigna. Vincent aida Astrid à se relever.

– Vous n'avez rien ? s'enquit-il.

– Non, non. On nous a tiré dessus, c'est bien ça ?

– On *vous* a tiré dessus.

– Je vous dois la vie...

– Venez, éluda Vincent. Ne restons pas là : rentrons à la maison.

Une fois à l'intérieur, Astrid réalisa vraiment ce qui venait de se passer.

– Le salaud ! Vous aviez raison ! Il est prêt à me tuer pour se débarrasser de moi !

– Je pense qu'à ce stade nous devrions appeler la police.

– Et comment !

– Ils vous protégeront de votre mari, même si on n'a pas la preuve que c'est lui qui...

– Ils n'auront pas à me protéger. Ce soir, mon mari dormira en prison.

– Pourquoi ?

– Parce que, depuis des années, j'ai de quoi le faire tomber. Et là, il vient de précipiter sa chute...

Vincent comprit, au ton déterminé et jubilatoire d'Astrid, qu'elle ne plaisantait pas. Il composa aussitôt le numéro de Léo.

Table

Achevé d'imprimer en novembre 2005
sur les presses de la Nouvelle Imprimerie Laballery
58500 Clamecy
Dépôt légal : novembre 2005
Numéro d'impression : 509016

Imprimé en France